ISBN : 979-10-92109-46-7
Éditions Infimes, Orléans – www.editions-infimes.fr

Dépôt légal : mars 2022

Mise en page : Atelier 7F – www.atelier7f.com

ÇA VA S'ÉCLAIRCIR

Katrin Acou-Bouaziz

ÇA VA S'ÉCLAIRCIR

Recueil de nouvelles

Pour Claudine,

Hâte de ce partage

d'émotions...

Amicalement,

Katrin

Editions Infimes

« Rire ou pleurer, mais que le cœur
Soit plein de parfums comme un vase,
Et contienne jusqu'à l'extase
La force vive ou la langueur. »

Anna DE NOAILLES,
« L'Ardeur », *Le Cœur innombrable*

N'oublie pas

Elle hésite sur le morceau de viande de bœuf. Du filet? Peut-être de la basse-côte. Le gras donne du goût à la sauce. L'os à moelle aussi. Un poulet, bien sûr. Fermier. Un gros pour six personnes au moins. Quelques merguez, il en faut toujours. Un peu de veau haché pour la farce. « Et n'oublie pas le poivre rouge, le piment, le ras el-hanout. » Elle n'évoque même pas l'ail et l'oignon qu'elle conserve toujours dans un tiroir de sa cuisine jaune pâle. Ils font partie du décor, au même titre que l'eau dans la cruche en étain ou le sel près des plaques électriques. Au tour des légumes maintenant, « on ferait mieux d'aller à Saint-Paul, ça sera plus simple ». Courgettes, navets, carottes, chou. « Et les pois chiches, n'oublie pas les pois chiches. Il faut les faire tremper avant. Quant à la semoule… » Elle me décrit la graine avec ses mains pleines de bosses et de taches. Ses gros yeux marron me fixent : « Prends la grosse semoule. Pas la fine, pas la moyenne, la grosse ». Je demande si cela correspond au calibre 3. Elle ne comprend pas. Elle recommence son explication : « Il y a la fine, la moyenne, la grosse », l'air de dire « Y a encore du boulot ma fille… ». Son esprit pense déjà à l'entrée. Il faudrait prévoir quelques beignets de viande et des crudités bien fraîches, des poivrons marinés aussi, « Ton père adore ça ». Puis au dessert. « Des melons, une pastèque, quelque chose de simple à mettre au réfrigérateur ».

Je l'écoute, concentrée, je lui dis que oui, on va se lancer là-dedans, un bon couscous pour vendredi.

Sa recette, je l'ai déjà notée il y a 20 ans. En petites lettres bleues au stylo plume, du mieux que je pouvais. Les feuilles jaunies (pleines de taches d'huile) me rassurent depuis, même si je ne les ai jamais utilisées. Elles renferment le grand secret de ma grand-mère, son œuvre magistrale, sa symphonie, sa fresque : le couscous. Mais rien ne vaut les heures passées à la regarder faire. D'autant que je connais ses astuces de cuisinière : elle oublie toujours un ou deux détails d'importance en révélant ses recettes. Oui, rien ne vaut les heures passées, enfant, à la regarder faire.

Elle ne porte pas de tablier, seulement un ou deux colliers brillants achetés au marché. Ses cheveux fins, teints en blond Marilyn collent un peu sur son front bruni. Elle se déplace avec peine entre ses hautes casseroles fumantes. Petite madone fardée à la hâte, les ongles nacrés toujours tâchés d'épices. Remue son bouillon avec une immense louche en métal. Goûte et regoûte sa viande. Enfourne ses poivrons sans trembler sur la grille du four. La préparation du plat commence quelques jours à l'avance dans son esprit. Un beau matin, elle se dit « Je vais leur faire un bon couscous ». Il y a parfois une raison précise (un anniversaire, un examen réussi) mais dans tous les cas, c'est le dîner et rien d'autre qui constitue l'événement. Entouré en rouge et or dans nos agendas. Impossible à refuser.

Il ne faut pas la déranger lorsqu'elle s'affaire. Laisser les questions en suspens. Observer ses gestes maladroitement géniaux. Avec elle, les légumes envoient du soleil. Avec elle, la volaille devient caramel. Avec elle, la semoule devient gouache jaune. Elle roule et roule encore. Son couscoussier brun tressé des jours de fête, Shabbat après Shabbat, déformé de fumées trop brûlantes. La chaleur glisse sur ma peau, le safran s'infiltre partout dans mes vêtements, le piment pique les yeux. Avec elle, rien ne me dérange. Elle me sert un verre de limonade bien fraîche un peu dégazée. Arrière-goût d'ail dans son frigidaire plein à ras-bord. Je ne dis rien. L'air de Paris s'infiltre discrètement par les petits rideaux blancs de la fenêtre de son appartement. Le souvenir de ces heures ne m'a pas quittée.

« Je vais vous faire un bon couscous, oui, ça c'est une bonne idée ma fille. » Elle réfléchit encore pour être sûre que la liste de courses soit complète et confie avec sa voix fluette, un peu conspiratrice « Je ne pourrai pas venir avec toi alors n'oublie rien, surtout pas la coriandre ». D'une caresse sur son bras amaigri, je la rassure. D'un baiser sur sa joue zébrée de soleil, je respire son eau de Cologne et lisse son chemisier satiné rose. « Ne t'inquiète pas, mamie, je n'oublie rien. »

Il est 18 h 45. Je l'emmène dans la salle de restauration de la maison de retraite en poussant lentement son fauteuil. Au moment de me dire au revoir, elle fouille sa mémoire en vain. Elle a pensé à la coriandre mais ne se souvient plus de mon prénom.

La photo

Je suis assise à l'arrière de la voiture, siège du milieu, mes cuisses se touchent, se serrent, short en jean trop raide, pieds chauds dans mes bottes de pluie bleues. J'ai attaché mes cheveux en queue de cheval haute, élastique beige. En dessous de mon tee-shirt un peu large, motifs fluo, mon maillot une pièce au cas où on piquerait une tête entre deux lancers. Au cas où. Je n'aime pas tant que ça la pêche ; c'est comme le foot, c'est pas le poisson, c'est pas le ballon qui m'intéressent, mais l'attente de la joie, leur joie à eux, mes frères, mon père, leurs cris, leurs sourires, l'ambiance qui vire du gris au jaune. Oui, si on pouvait piquer une tête avec ma mère dans le golfe tiède, ça serait sympa aussi. Il y a beaucoup d'algues sur la petite anse à côté des rochers mais je ne sentirai rien en nageant ; juste au début, il faudra recroqueviller les pieds pour ne pas subir la caresse gluante et verte.

Je pense à tout cela alors qu'on s'engage sur une petite route bordée de pins et de maisons en pierre, d'hortensias qui s'agglutinent sous les fenêtres arrondies. Le décor breton, familier, défile sous nos yeux, dans un silence paisible. L'Abribus où jamais personne n'attend. Puis la grande maison blanche au coin, la maison des « Boufftout », « ceux-là, soit ils mangent, soit ils dorment ! », on s'amuse à dire en fonction des volets fermés ou de la table encore mise.

Là ils dorment, enfin ils ne mangent pas, et nous on rigole tous les cinq. Deux parents devant un peu raides. Trois enfants derrière à se pincer les bras. À se tortiller les uns sur les autres.

Il y a des seaux dans le coffre, un rouge avec une anse, un vert sans et aussi la boîte de matériel de pêche rose saumon toute cabossée, un panier en osier avec le pique-nique bien sûr, des serviettes de plage enroulées sur elles-mêmes pour la baignade improvisée ou le temps qui se gâte, une bouteille d'eau et des appâts vivants dans un sac en plastique.

Les cannes à pêche ne rentrent pas dans le coffre et sont placées entre nous. Elles transpercent la grande voiture de l'arrière à l'avant comme une flèche dans un cœur. Je suis au centre et je dois même me décaler un peu, toucher mon frère le plus jeune de l'épaule. Le contact est acceptable, si on évite de se regarder. Moi je poserais bien carrément ma tête dans son cou mais ce n'est pas toujours possible. Les peaux ont aussi leur mot à dire.

Lui, le blond à ma droite est celui qui aime la pêche le plus fort. Il se lève avant le soleil si la marée le décide. Il reste sur son rocher même quand il pleut franchement et qu'il a oublié son K-way. Il n'a pas peur de toucher les vers de terre énormes encore vivants, de retirer l'hameçon qui déforme la gueule des poissons. Il s'en fout de s'enfoncer dans la vase jusqu'aux genoux ou d'avoir du jus de coque sur les lèvres parce qu'il a essuyé son visage grelottant d'un revers de main. Il s'en fout. Il veut pêcher des poissons.

Pourquoi autant de détermination ? Je me suis posé cette question souvent en le regardant des heures et des heures lancer face à l'horizon. Pour épater son père peut-être. Ce père qui conduit en ce moment, sa cigarette au bec, la fenêtre ouverte, le regard noir bien décidé à se garer le premier au bon endroit, l'endroit du « pécho », entre les pins, entre les racines de pins, là où personne ne s'aventure en voiture à part nous.

« Je crois qu'on n'a plus le droit de se garer là-bas papa », explique mon autre frère, le brun à ma gauche comme si lui aussi avait lu dans les pensées de mon père.

Pas de réponse. Un petit froncement de sourcils. Mon père ferme la fenêtre de son côté. Emprisonne l'été dans l'habitacle. Cette absence de réaction nous fait sourire, mon frère brun et moi. Lui, aime pêcher aussi, quand le blond lui prépare tout ; monter les lignes, accrocher les appâts, mais il a une attente plus globale de cette sortie. Il veut faire dorer sa peau au soleil. Repérer les cercles d'argent à la surface de l'eau. Ressentir le frisson de la ligne qui tire. Mordre dans un sandwich. Et rire de son père et son frère qui s'acharnent. En premier lieu à se garer là où c'est formellement interdit.

Quant à ma mère, assise à la place du passager, elle regarde droit devant elle et attend qu'on atteigne le bout de la dernière ruelle, où explosera le paysage du petit port de pêche. Voilà sa motivation à elle. Cette image qui va surgir comme un tableau fauviste qu'on accroche sur un mur blanc : les barques multicolores, la jetée qui s'élance vers l'infini, le sable, l'eau verte, bleue, les pins qui se reflètent, les zébrures d'or et d'argent qui rebondissent partout, rocher, mât, mât, rocher. Et les mouettes qui annoncent combien la marée monte.

« On s'est pas trompé, elle monte ! », s'exclame mon père devant la mer qui s'étale devant nous.

Explosion de rire de nous trois, ma mère, elle, se contient. « Papa, c'est marqué dans l'horaire des marées, on a aucun mérite ! » je lui réponds en le taquinant un peu.

Il grommelle, il a déjà quitté la voiture, dans sa tête en tout cas, car il faut encore manœuvrer sur un chemin escarpé de terre brune pour aller se garer en hauteur au plus près de ce qu'on appelle « la grande pêche », une côte accidentée en front de golfe, parfaite pour attraper de grands poissons, bars et congres.

La voiture s'enfonce un peu dans le sol meuble, bute contre une énorme racine de pin. Mon père recule, recommence. Il finit par stopper le moteur, satisfait de sa place improvisée entre les arbres gigantesques qui nous regardent depuis leur sommet d'un air sévère. « Encore eux », semblent-ils souffler entre leurs aiguilles. Un gros panneau « interdit de stationner » nous fait sourire. Mon père rallume une cigarette, ouvre le coffre.

Il fait plus frais. Chacun de nous cinq porte quelque chose. Reprendre ce chemin sous les pins qui mène aux rochers, nos rochers tachetés d'algues sèches orange et grises, nous fait monter des larmes, à mes frères et moi tout du moins. Je leur demande, « ça va, vous allez tenir le coup ? » Ils acquiescent, la gorge serrée. Nous marchons sur les tas d'épines de pin, la poussière se colle sur nos jambes, le soleil s'invite par endroits entre les broussailles. L'eau bleue aussi par moment, apparaît, écran paradisiaque dans une trouée de mûriers. Mon père est déjà loin devant, il ne nous a pas attendus. Ma mère prend du retard, je m'en rends compte un peu tard, absorbée par les sensations qui affluent. Le cliquetis des mâts. Les insectes qui s'agitent dans la chaleur d'août. La transpiration dans mes bottes et l'odeur de crème solaire qui s'échappe des tee-shirts.

Je décide de m'asseoir sur un tronc coupé. Je la vois qui me rejoint lentement, de son pas léger comme une plume, sa silhouette de mousse, pantalon et tunique blanche, sandales molles et son panier en osier sur l'épaule. J'aurais dû le porter mais elle insiste. « T'occupes, ça c'est mon job. » Elle a en effet fourni beaucoup d'efforts pour le remplir ce panier, fait cuire un poulet qu'elle a découpé. Elle n'a oublié ni le sel dans de l'aluminium, ni les cornichons dans un petit Tupperware. Les chips et les baguettes. Les boissons, Coca, Perrier. Et même le café dans un thermos. Les beignets à la framboise qu'on préfère. Du chocolat noir pour mon père. Un ouvre-bouteille. Du Sopalin. Une assiette pour couper les tomates. Un couteau. Du fromage pour elle. Alors maintenant, elle veut le porter son pique-nique et je lui donne raison.

On finit par tous arriver à la « grande pêche », une langue rocailleuse, en pente qui permet de pêcher pile à l'endroit où les courants se rencontrent. Reste à trouver des pierres assez lisses pour s'asseoir ma mère et moi et regarder les autres faire, monter les lignes, accrocher les appâts, se planter l'un sur la grande cale, l'autre sur un rocher plus bas, le troisième plus près de nous. Les hommes s'agitent, les femmes admirent. Je me plie à cette organisation d'un autre âge. Je vois le sourire de ma mère qui s'élargit à la vue de ce spectacle, de cette mer en fond, de ce tableau sur lequel se déroulent la partie de pêche et les plus belles journées de mon enfance. Je me dis qu'elle oublie peut-être tout ce qui a suivi, les mensonges, les séparations.

Elle souffre un peu, ses os saillants contre la pierre, vraiment, elle n'a plus l'âge. Et mon père, je le vois bien, courbé, dans le vent, n'a pas retiré sa polaire marine et doute de son lancer, moins spectaculaire qu'avant.

Mes deux frères en short de bain, chacun concentrés sur leur ligne, plantés bien droits dans leurs baskets. À quoi pensent-ils, seuls, quarantenaires, sans leurs enfants, redevenus enfants eux-mêmes parce que je les ai suppliés de jouer ce jeu avec moi aujourd'hui ?

« Ca va maman, à quoi tu penses maman ? Je suis un peu dingue, c'est ça ? De vous avoir demandé de revenir ici tous les cinq comme avant ? »

Elle rit avant de me répondre. « Tu n'es pas croyable. »

C'est alors que le blond ferre un grand coup. Il a quelque chose. Je le laisse mouliner, mâchoire serrée, avec un rythme rapide, faussement calme. Quand il se tourne pour montrer sa prise, je sens que tout est prêt, en place pour prendre ma photo, celle que je n'ai pas, celle de mon plus beau souvenir d'enfant. Mon père est resté de dos sur la cale malgré cette première victoire, il regarde l'horizon, sa canne tendue vers le ciel avec le grelot tout en haut prêt à frémir pour prendre un poisson plus gros. Mon frère blond à droite qui a décroché son trophée et me le montre, son sourire immense, ses yeux bleus pétillants. Mon frère brun à gauche qui a posé sa canne comme pour dire « j'abandonne, tu es trop fort » et tend ses bras vers le soleil en remontant haut ses manches de tee-shirt, ses yeux clos, ses lèvres qui dessinent une grimace amusante. Et ma mère qui se tourne à peine vers moi, entourant ses jambes frêles de ses bras, sirène du pique-nique sur son rocher, visage doux et confiant.

Je vérifie l'image tout de suite sur l'écran de mon smartphone. Je tente de lui mettre un filtre. Mais elle n'a besoin de rien. Tout y est. L'infinie beauté de la mer, sa lumière, sa couleur qui convoquent si bien la chaleur de l'été, les parfums d'iode et de genêts. La quête effrénée du bonheur dans la posture de mon père, sa tension si nécessaire aux frissons qui suivront. La joie de réussir dans le sourire de mon frère blond, sa volonté récompensée, la quiétude dans ses yeux lorsque les efforts apportent l'équilibre. Le plaisir de vivre de mon frère brun. Son amour pour les autres, pour la nature autour de lui qui lui reviennent en boomerang sans prévenir et le rendent heureux.

L'amour dans le panier en osier. L'amour de ma mère qui attend l'heure du repas à partager. Qui s'offrira à nous tous, après mille précautions, se laissera dévorer jusqu'à la déraison, dans une douceur et une délectation absolues.

Je m'envoie la photo par mail pour ne pas risquer de la perdre. J'ai capturé ce passé, rien ni personne ne pourra désormais me le prendre, même si ma mémoire venait un jour à défaillir, il y aura toujours cette photo de nous cinq, ensemble, moi derrière l'objectif, un peu plus spectatrice qu'actrice, comme je l'ai toujours été, enfant.

Alors je décide de descendre me baigner, seule. Arrivée en contre-bas sur la petite plage, j'abandonne ma tenue sur un rocher. Les bottes, le short, le tee-shirt fluo. Je détache mes cheveux qui commencent déjà à ternir et pose l'élastique au-dessus du tas de vêtements qui m'ont servi à remonter le temps. Je les vois tous les quatre à leur poste qui poursuivent la partie de pêche. C'est un moment suspendu, hors temps. Je me sens légèrement coupable de les avoir mis dans cette situation, d'avoir fait ce petit caprice. Mon frère brun agite la main en me voyant avancer vers la mer. Puis je le vois qui sort son téléphone de son sac à dos pour me photographier aussi. Il a si bien compris ma démarche. Si bien deviné ce qu'il fallait faire pour me rassurer. Faire redémarrer le présent en changeant de point de vue, en me délivrant de la nostalgie de l'enfance. Je lui fais le fameux cœur avec les doigts, celui que font nos enfants quand ils sont tendres et complices. Il fait un temps magnifique, ma respiration est devenue tellement légère, je me jette à l'eau, en nageant droit devant.

L'attente

Tout a commencé un soir de juillet. La chaleur indécente d'une île grecque. L'envie de trinquer à l'avenir, de jouer avec le hasard. Et de fumer après l'amour, malgré le pressentiment qui brûle le ventre. En joueuse de tarot fatiguée de ses instincts, j'ai invité la culpabilité à fêter l'attente. Elles se tiennent toujours la main.

Puis, au retour de vacances, dans cet entre-deux d'été et d'automne où les bateaux s'amarrent dans les jardins, les lignes roses fragiles, presque effacées que j'ai tant souhaité voir apparaître. « Deux lignes, mêmes pâles signifient que vous êtes enceinte. » Je laisse tomber le mode d'emploi, fin, déplié, papier de cigarette impossible à rouler – l'association d'idées me vient, je ne peux pas la refuser – sur le carrelage froid. Toutes mes extrémités sont gelées. Le matin est surpris, je le vois bien dehors, tout intimidé par ma présence. Je ne devrais pas être déjà levée, seule, en tee-shirt sans lunettes ni téléphone, mon test à la main, mon émotion figée, l'impossibilité déjà de revivre l'instant, de le capturer. L'urgence d'avancer alors que je l'ai tant attendu. L'intolérable penchant pour l'action, si blessante pour le rêve. Je monte les escaliers, mécanique, euphorique dans l'idée, en réalité peu secouée, incapable de réaliser la portée de la nouvelle, ses contours, ses délices, ses peurs. Je monte les escaliers pour partager le résultat, l'offrir, m'en délester et peut-être laisser éclater une joie, des larmes. Il se réveille sous mes caresses un peu pressantes. Il regarde les lignes et m'ôte le dernier doute. Oui, le test est positif, il en est sûr. Ses mains entourent mon ventre tendrement. Il ferme les yeux, je les sens qui abandonnent dans mon dos. Et pourtant, malgré sa certitude à lui et l'évidence du test, je me mets à douter, malgré moi. Et si ça ne tenait pas ? Arrête de réfléchir. Réjouis-toi. Dors.

Mais le chamboulement hormonal déclenche une tempête dans mon crâne. Une douleur profonde, pile sous la naissance de l'arcade sourcilière droite, se met à battre comme souvent chez moi. Une migraine si violente, qu'elle en devient étourdissante et m'oblige à rester allongée dans le noir sans manger.

Il appelle le médecin du Samu qui arrive en fin de journée, les volets sont restés clos, je suis toujours en pyjama, les mains sur mon œuf, incapable de réfléchir, d'argumenter, de questionner. Le médecin prescrit des cachets contre la crise de migraine, compatibles avec « votre état », oui, c'est le mot qu'il emploie. Ils vont éteindre l'incendie sans déranger mon œuf, ma bulle de savon, à peine installée au creux de mon ventre. On y croit, on ne peut pas faire autrement que d'y croire. J'avale tout. Je note la marche à suivre. Par moment, j'ai peur des effets secondaires, je me dis parfois que je te suicide bien organisé, bien sage, bien docile.

Les maux de tête restent forts plusieurs jours malgré les médicaments. Alors je prends les cachets du Samu, encore. Je ne retourne pas travailler. Au troisième jour, j'ai l'esprit plus clair même si la douleur, tapie, prête à flamber, m'empêche d'arrêter le traitement. Je crains de plus en plus les interactions, je me renseigne un peu, je pèse le pour et le contre. Les études se contredisent, je prends la mesure des risques pris, bien trop grands comparés à ma douleur qui aurait fini par partir c'est sûr. Je coupe un cachet en deux. Je vois mon œuf et les substances toxiques autour. Le doute s'est mué en angoisse. Il n'y a plus de place pour espérer, qu'une immense souffrance dans laquelle sombrer pour ne pas tomber plus bas.

Où es-tu ma bulle de savon ? Fais-moi un signe. Mon espoir, pépite translucide, tes bords d'écume, tes reflets de mystères. Mon début, mon protégé, mon trésor. Où es-tu aujourd'hui, big bang silencieux, poisson magique, poussière de rien ? Je te cherche depuis le test, depuis tes émanations roses, tes messages codés à l'hormone. De face, de profil dans mon miroir, il n'y a que mon corps qui fond, incapable de manger, brûlant d'angoisse de t'avoir perdu.

Le reste de la première semaine s'écoule lente, gluante, la migraine s'estompe, je pressens les nausées, je les veux, je les guette. Sur mon écran je fais défiler les histoires des autres. Les migraineuses, les anxieuses, les abonnées aux fausses couches, les espérantes, les obsessionnelles, les folles du symptôme tant attendu et du signe de la magie qui s'éteint. Je suis avec elles dans la bulle rose des forums, dans la blogo impatiente, dans l'attente du remplissement, dans la crainte du vide. Je stresse à me provoquer des crampes. Dans mes seins, dans ma nuque, sous ma ceinture. Je suis le tiraillement des doutes. Je suis l'ovule, le sperme, le sang, l'espoir, je m'accroche à moi-même. C'est une folie d'essayer de travailler. Le silence ponctué des bruits de claviers, des rires, des nuages derrière les baies vitrées de l'open space. Ils sont mon liquide amniotique. Ils sont l'extérieur qui souffle autour de moi sans jamais m'atteindre. Je suis mon œuf.

Les doutes continuent de m'assaillir. Je calcule la date de début du tout. Ou du rien. Je n'y crois plus. La déception me terrasse. Puis j'y crois de nouveau pour un haut-le-cœur, un tiraillement, je vole. Je recalcule encore les jours, le début de la deuxième semaine, les prémices des signes, les risques, les pourcentages d'hormones, les chances de l'être encore, tous les obstacles qui ont pu se dresser depuis la grande rencontre des cellules. Ils me semblent si nombreux, si solidaires à faire échouer le grand projet. Une foule de dysfonctionnements qui manifestent ensemble dans mes entrailles, avec l'ambition de tout défaire. Les médicaments, l'alcool, le tabac, mon âge, mes mouvements, ma salade, le hasard. Ils marchent comme ça en brandissant leur mauvaise foi, en nous piétinant. Alors je nous encourage. Reste debout mon œuf.

« Pourquoi tu crains ça, pourquoi tu t'angoisses, pourquoi tu t'imagines le pire ? » Mon amoureux ne comprend rien. Cette stratégie de l'angoisse qui consiste à se laisser envahir par la peur jusqu'à la posséder, la dominer, la mettre en miettes. Lorsqu'on est à terre, on ne craint plus de tomber. Voilà je suis à terre. Avec mon espoir quand même en secret mais très loin très profond pour ne pas qu'il se voit. Personne ne doit savoir sinon il disparaîtra.

Je finis par consulter un docteur, n'en pouvant plus de tomber encore et encore, m'épuisant moi-même dans ma folie. Il est vieux, gros et ça sent la poussière dans son petit cabinet marron de banlieue. Il m'examine à l'ancienne, il n'a pas d'appareil à échographie. Le col épaissi lui fait penser que rien ne s'est arrêté mais il ne peut pas être sûr à ce stade. Je sens encore ses doigts lorsque je me rhabille. Je suis écœurée mais je m'en fous. Il pleut fort derrière la vitre, des trombes d'eau grises sur un septembre vert. Je lui demande si je peux faire une écho si tôt. « Si ça vous rassure », lâche-t-il, agacé par mes inquiétudes, en rédigeant l'ordonnance.

Je me précipite sur l'occasion d'en finir. Avec la joie, avec la peine, avec les émotions. Le rendez-vous est pris pour le lendemain en pleine après-midi. Je quitte mon bureau sans prévenir mon chef. Je n'ai plus peur de rien puisque j'ai peur de tout.

L'endroit est très lumineux. De ses lumières blanches qui font penser au paradis. « Je viens pour une écho de datation. » « Oui Madame, asseyez-vous le médecin arrive. » Je feuillette un de ces journaux moisis de microbes qui vantent des modes périmées. Tout me brûle. Je me désinfecte les mains deux fois avec mon petit gel hydro-alcoolique. Le spécialiste arrive, c'est une femme maigre au visage qu'on oublie parce qu'on ne veut pas s'y intéresser. Elle a une tête et un corps qui se penche. Elle a l'air agacée elle aussi, je sens que je fais un caprice. Elle me dit que les femmes aujourd'hui se prennent la tête pour rien, que de son temps on découvrait qu'on était enceinte quand le ventre poussait. Ses gestes sont brutaux, la sonde froide avec le gel froid sur mon ventre plat. Elle appuie comme une dingue l'air de dire « sinon on ne verra vraiment rien c'est tellement petit ma pauvre c'est sûr il n'y a rien ou si peu ». Elle m'examine parce qu'elle doit. Elle ne veut pas m'aider. Ni me faire peur ni me rassurer. Elle agit en automate du vendredi. Elle ne commente pas l'examen. Pas un mot. « Rhabillez-vous. Attendez les résultats ici. »

Une infirmière, une aide-soignante, un autre corps et une autre tête me tendent la pochette blanche qui contient les clichés de mes angoisses. Je vais enfin savoir si j'ai eu raison de tomber au cas où j'allais devoir le faire ou si je peux me relever l'air de rien.

Je ne comprends pas le diagnostic tout de suite. Petit à petit, je réalise. Il n'y a qu'un œuf de quelques millimètres. On ne voit pas de début d'activité cardiaque, pas de trace d'un cœur en formation. Seulement des cellules vides. Je demande plus d'informations car l'espoir est un foutu ballon qui regonfle tout le temps, surtout entre les drames. « Ça doit être un œuf clair il faut revoir votre gynécologue. »

Je n'ai pas de gynécologue. J'ai un gros bonhomme qui se moque de mes doutes et qui sent le pain rassis. Je sors dans la rue, je tombe encore plus bas que le sol. Je ne croyais pas que c'était possible. Je me suis joué un mauvais tour à moi-même, l'angoisse n'est rien à côté de la peine.

Les larmes, les cris, rien ne vient, rien ne vaut la tristesse endurée. Je tourne sur moi-même, à l'intérieur de moi-même, autour du vide. À l'extérieur de moi-même dans le vide. Je téléphone au médecin pour lui dire. La colère qui monte dans ma gorge me remplit. C'est chaud, c'est presque doux une colère. Je vais lui apprendre qu'il est mauvais, dépassé, prétentieux. Que son cabinet d'échographie est une adresse atroce à démonter sur Internet. Je vais surtout lui donner le diagnostic pour m'en débarrasser, l'éloigner de moi-même, tenter de le garder à distance. Ça allège, la distance.

Mais le gynéco fait regonfler mon espoir, le salaud. Il ne comprend pas les conclusions de l'échographie, oui s'il n'y a pas d'activité cardiaque visible, c'est peut-être un œuf clair, ça arrive, mais on ne peut pas savoir c'est peut-être seulement trop tôt. Il s'emmêle dans les dates, recalcule.

Mais alors pourquoi m'avoir envoyé ici, pourquoi l'œuf aurait déjà ces proportions ? Je pense : mon bébé est grand mais vide. C'est un enfant sans cœur, voilà tout. Je rigole avec moi-même pour reprendre une certaine contenance. Et je m'accroche finalement aux conseils du docteur : faire des prises de sang. Les chiffres eux ne peuvent pas mentir. S'ils doublent en 24 heures c'est que l'œuf est plein. S'ils augmentent gentiment, c'est que le feu s'éteindra comme il a pris. Sans bruit. Il me dit de passer à son cabinet pour prendre deux ordonnances. L'une indique deux prises de sang à faire à 48 heures d'intervalle pour mesurer l'évolution des taux hormonaux.

L'autre, presque indéchiffrable, indique le nom d'un médicament à prendre dans deux jours, s'il faut finalement balayer les coquilles. « Je préfère vous la donner au cas où car on sera samedi et je ne pourrai pas vous revoir » tente de me réconforter le gynéco.

La prise de sang numéro 1 a lieu le mercredi suivant à 18 h. Le lendemain soir, les résultats stipulent que mes taux de bêta HCG sont dignes d'une femme enceinte sereine.

Il faut attendre un jour pour faire la prise de sang numéro 2. Un jour, allongée sur le sol de mes angoisses, abattue en surface, secrètement pleine d'espoir. Je vivote sur les colonnes de mon agenda Google. J'accomplis des tâches, douche, métro, réunions. Mon esprit accomplit des tâches, douche, métro, réunion. Mon corps lui, reste cloué à terre, entre le cabinet d'échographie et le trottoir où j'ai failli m'évanouir. Il ne peut pas se relever, il ne peut pas réagir. Il attend à se faire marcher dessus sans frémir. L'espoir fait des bonds insupportables dans ma trachée. Je le repousse, je le violente, je l'assassine.

Il pleut encore lorsque je sors du labo le vendredi soir. Comme pour laver les doutes, noyer le chagrin, nettoyer les plaies. Il y a ce vert de feuilles mouillées qui colle sur ma rétine et m'envoie des images de balade en forêt, de maison chaude, de petit manteau qui sèche sur la rampe de l'escalier.

Le labo me prévient tout de suite : les résultats ne seront pas prêts avant demain midi. C'est un vendredi soir de deuil, une nuit de deuil. Presque tendre. Dans l'obscurité je me serre contre lui, le peut-être père. Il commence à me rejoindre dans la peur et cela me console. La chute d'adrénaline ramollit la douleur, elle perd ses épines. La tristesse coule et m'enveloppe dans sa marre tiède. Le matin revient et avec lui la blessure saillante. L'attente reprend.

Je n'ai rien oublié de ce samedi matin. On avait prévu, en dehors de recevoir les résultats du laboratoire, de visiter une amie dans l'après-midi qui venait d'accoucher. Il fallait donc préparer un goûter à apporter, emballer le cadeau minuscule.

Après le petit déjeuner, l'ordonnance numéro 2, posée sur la table attend, elle aussi. Va-t-elle servir ? J'hésite à acheter le médicament en prévision des taux d'hormones trop bas. La pharmacie dans notre rue est ouverte. Je pourrais voir son néon vert clignoter depuis le salon. Mais je laisse les volets fermés, comme pour ralentir le temps, fuir la réalité trop difficile. Côté cuisine, c'est toujours ouvert, le jardin se dore au soleil. Son vert à lui me dit « attends ».

Je dois préparer ce gâteau, emballer ce cadeau, des petits chaussons rouge mais je n'y arrive pas. Je reste assise à la table du petit-déjeuner, prostrée sur mon thé, je me renseigne sur Internet sur les effets secondaires du médicament que je vais sûrement devoir prendre pour évacuer les « restes ». Les restes de mon œuf. Son enveloppe. Son peut-être. Son fantôme.

Il faut attendre midi pour téléphoner au labo et en avoir le cœur net.

« Mais, enfin, essayons d'appeler, c'est peut-être prêt !? » Lui non plus n'arrive à rien faire ce matin. Mais je ne veux pas tenter ma chance avant l'heure. J'en ai fait un devoir, une obligation, un sacerdoce d'attendre. Tout ce qui viendrait avant, peine ou joie ne serait pas mérité. À peine plausible.

Tout d'un coup il déclare : « c'est moi qui appelle puisque tu ne bouges pas ». Je fixe ma tasse tiède. Les volets du salon, la pénombre à ma droite. La porte-fenêtre de la cuisine, le soleil à ma gauche. Il sort sur la petite terrasse et je le vois de dos prendre le post-it rose avec le numéro de téléphone du labo, composer les chiffres, un peu recroquevillé sur lui-même, sa haute taille, ses cheveux noirs. Il ne peut pas compter sur moi pour obtenir des réponses. Il connait ma tendance à l'exagération, l'angoisse, le brouillage de la réalité. Face à moi, il s'en remet toujours à la science, à la raison, aux faits. Je n'entends pas ses paroles. Je vois qu'il note des choses. Sans se retourner. Je respire court, seulement avec le haut du corps, repérant des mauvais signes partout. Le rayon de lumière se pose près du papier et non dessus. Il ne se retourne toujours pas. L'oiseau qui piaillait dans le jardin s'envole. Il est 10 h 50 peut-être 11 h 00, une heure où rien ne presse, où rien ne se passe. Une heure à contempler son existence, à se demander où quand et comment continuer. Je ne suis ni douchée, ni prête à sortir. Je suis vide, presque neutre, presque insensible.

Puis, il se retourne enfin. Son sourire large et franc comme une chaîne de montagne en plein soleil. « Les taux ont triplé. 35 000. » Je lui fais répéter la phrase plusieurs fois. Je dis le chiffre à voix haute. Le chiffre de la vie qui commence, de la fierté idiote d'avoir réussi. Il est si gros, si dense, si fort. Comme tu vas sans doute devenir. La joie éclate. Détonation de plaisir et de promesses. 35 000. Tu es là, mon œuf, mon espoir, tu l'as toujours été.

La maison

Je ne l'ai pas revue depuis six mois. Seulement aperçue à deux reprises.

La première fois, je suis venue récupérer du courrier dans la boîte aux lettres. Je ne suis pas rentrée. J'ai seulement posé mon front sur les lattes de bois orange de la clôture pour faire un test, un test de sensations. L'odeur de vernis collée sur le nez comme avant, quand ado, j'attendais que ma mère ne m'ouvre. Le jardin zébré de soleil et de vert. Orange jaune vert. Orange jaune vert. Le portail fermé, il était impossible de reformer l'image complète de la bâtisse.

Ma belle maison en L qui ne ressemble à aucune autre. Son toit en tuiles, sa cheminée haute comme sur les dessins d'enfant, ses onctueux murs en crépi blanc, sa baie vitrée, sa porte de garage en bois bordeaux légèrement bombée, le grincement des ressorts en tirant sur le grand manche en tissu sale qui sert à la fermer. Match de ping-pong avec mes frères.

Boum du samedi. Vélo à garer avant de monter à la douche.

Je suis retournée dans ma voiture stationnée devant le portail. J'ai posé la pile de courrier en pagaille sur le siège passager. Il y avait beaucoup de tri à faire, une tonne de bazar administratif à régler. Mais je n'ai pas réussi à démarrer tout de suite, j'étais perdue dans mes souvenirs.

C'est l'été, la route est bien noire, les vélos glissent si facilement sur l'asphalte, on a le droit, pas de voiture, suis-je en pyjama ? Mon frère se lève sur la selle en criant quelque chose. Suis-je pieds nus pour me souvenir du bitume brûlant qui fond presque au contact de mon talon ? Les arbres sont très feuillus dans la rue. L'ombre est chaude. C'est un bonheur qui nous prend à la gorge. L'image se mélange avec un rêve, un rêve un peu angoissant teinté de mort, de drame, d' il y a des années qui me revient aussi. J'arrive à pied par le haut de la rue, ce qui n'est pas habituel du tout, il y a du monde dans le jardin, de l'affolement, je ne sais plus, le souvenir et ce rêve s'emmêlent le long de la rue noire aux ombres chaudes. Je me dis que ça n'a pas d'importance car le réel finalement se compose d'impressions alors pourquoi pas celles de la nuit, celles des songes.

La deuxième fois que j'ai revu la maison, c'était de l'autre côté du jardin (une deuxième entrée se situe à l'opposé de la première et donne à la maison une seconde adresse). Ce matin-là, je suis passée en voiture rapidement, j'allais chez une amie d'enfance dont les parents habitent tout près. J'ai emprunté la départementale qui longe le terrain, j'ai vu les cimes de ses arbres, sapin bleu merle, chênes poussiéreux d'avril qui se dressent dans le bleu du ciel piqué d'avions. Ils ne m'ont pas vue, eux, trop occupés à se tenir droits et fiers à l'orée de ce qui était autrefois un bois. Aujourd'hui, derrière leur mur en pierre, c'est tout un champignon – route, hlm, rer, centre commercial – qui a poussé et eux, mes feuillus, dans leur superbe comme des idiots ne savent même pas que je suis la seule, sans doute la seule, à aimer les voir comme des arbres des bois des vrais des anciens des solides.

De ce côté, ce côté ancien bois, c'est une toute autre histoire qui m'est revenue en tête, un souvenir resté gravé dans la rétine parce qu'on a scrupuleusement cherché à l'y imprimer comme une trace indélébile. On se gare tous les deux le long de la route pour arriver par derrière, par la petite porte en bois. C'est l'hiver, un hiver gris dont on voudrait qu'il sorte de la pluie de la neige du froid plus impressionnant. Un hiver fade dont les contours sont mal définis. Ou alors c'est moi qui, ce jour-là, avait le calendrier en vrac, tellement absorbée par les semaines de grossesse, les dates d'échographie et tous les chiffres de mon carnet de santé. On longe le mur en pierre tous les deux, peut-être en se tenant la main, sûrement en se tenant la main, en jean et pull gris eux aussi.

On a la plus belle nouvelle du monde à annoncer aux futurs grands-parents. J'ai une énorme boule de paillettes au creux du ventre, prête à dégainer le feu d'artifice à tout moment, dans le salon après le café. Seul le bonheur sur mes joues un peu roses colorent cette journée grise.

Six mois sans venir la voir, cette vieille maison. Passer à côté, l'imaginer sur Google Maps, seule. Ses volets roulants en bois orange eux aussi, comme le portail et la clôture, restés fermés tout ce temps. L'herbe qui a dû pousser comme une folle. Dépassant largement les sommets des mois de juillet-août d'autrefois où personne ne venait tondre pendant les vacances. Recréant un microcosme, à l'abri de la lumière où les insectes doivent jubiler de tant d'intimité retrouvée. Jour après jour, le vent fait rouler la poussière, fait danser les feuilles, fait sécher les fleurs lourdes des rosiers non taillés. Jour après jour, le soleil fane et l'eau vivifie, la chaleur gâte et le froid raffermit. Le jardin a dû redevenir un peu plus ce terrain que mes parents avaient acheté pour construire. Ce terrain occupé par une petite maison de bois qu'on voit sur la photo du début du vingtième siècle, encadrée dans l'entrée de la maison au-dessus du buffet. Les gens habillés en long, en sombre, avec chapeaux et poses délicates qui conversent dans le jardin à demi déboisé. Les gens d'avant nous, noirs et blancs, avec leurs manies, leurs espoirs, leurs déceptions qui ont vécu en pensant être les plus importants, les vrais, les valides et jamais n'ont ressenti à quel point ils resteraient au mieux des fantômes pour des générations à venir, bien plus longtemps morts que vivants. Nous n'en avons pas conscience non plus. Pas plus que les fourmis qui se succèdent entre les brins d'herbe.

Et pourtant, je ne peux m'empêcher de croire avoir plus d'importance. Quelle supériorité je tire de ma vivacité, mon existence, mon présent !

Je ne sais pas pourquoi je finis par me décider à retourner dans cette maison. Les quelques affaires que je veux récupérer ont peu d'importance. Mais la psychologue a insisté, « vous êtes toujours un peu là-bas, bloquée dans votre enfance, tant que vous n'avez pas tout repris, vous le dites vous-même ». Je me gare. Je suis seule. C'est le printemps. Je prends une grande inspiration, comme avant un rendez-vous professionnel très important. J'ai peur de la revoir. Peur de son carrelage rouge, de ses murs froids, de ses meubles en chêne et ses tapis arabisants. Elle est devenue mon passé, géant fâché, abandonné, emmuré dans ses peines. Mais elle m'a manqué, comme le crime manque au lecteur assoiffé de sang.

J'ai la clé dans la poche, cette clé large, un peu carrée que je n'ai jamais vu ailleurs, dont je connais le relief par cœur. Mais je décide finalement de sonner au portail. Comme pour vérifier qu'il n'y a personne à l'intérieur. Comme pour m'annoncer ou faire comme avant. Me donner une contenance, me rassurer sur le vide provoqué par la sonnette dans le hall d'entrée plongé dans l'obscurité. Faire retentir la sonnette comme pour dire « me voilà, prépare-toi, ma vieille je suis prête à te foutre une raclée et je vais le faire à la régulière. Avec élégance et sans arriver par la petite porte à la dérobée ». Je sonne longtemps. Tout à coup rattrapée par une peur incohérente « Et s'il y avait quelqu'un ? » J'attends plusieurs minutes entre les coups de sonnette. Histoire de laisser à cette personne imaginaire le temps de descendre de l'étage, le grand escalier en colimaçon, ses marches en carrelage rouge, sa rampe en fer forgé un peu baroque, la tenture sur le mur à l'entrée des premières marches, la fenêtre pour voir la petite cour derrière, le chêne qui menace de s'abattre ici en cas de tempête. Je laisse le temps à cette personne de descendre m'ouvrir. Ou bien de remonter de la cave, qui sait ? Odeur d'eau, de poussière, de graviers, de vin à l'abri, remonter puis passer par derrière, par la porte de la cuisine pour rentrer dans la maison et venir jusqu'à l'entrée de devant, décrocher l'interphone, m'ouvrir. Ça prendrait du temps. Tout dans cette maison prend du temps. Ouvrir. Fermer. Arriver. Partir.

Je laisse bien passer deux minutes entre chaque coup de sonnette. Rien. Pas de voix, de « qui est-ce ? » formulé par une personne inconnue, une sorcière, un malfrat, un fantôme. Rien. Je pousse sur le portail en bois. Il s'ouvre. Je ne suis pas vraiment surprise. Sa fermeture électrique n'a jamais été très efficace. Je regarde d'abord mes baskets puis mon regard remonte doucement vers l'ensemble du jardin.

La maison est bien là, qui m'attend, sa masse floue dans mon champ de vision mais je me force à ne pas me focaliser sur elle, pas tout de suite, pas encore. Je suis sa préférée, je suis sa romancière, je suis sa petite dernière. Je touche ma clé restée dans ma poche.

De l'autre main, je lâche le bois chaud du portail, il agrippe légèrement ma peau, il m'a reconnue immédiatement. Le jardin me paraît plus petit. L'herbe a poussé comme prévu. Le petit chêne que j'avais offert à mon père il y a 20 ans a bien grandi, il penche un peu, me semble placé très près de l'allée pavée qui mène jusqu'à la rue. Il a dû pousser vers le chemin, comme tenté par la fuite lui aussi, un autre avenir loin des cris, loin des secrets. Je pense à toutes ces saisons passées ici. J'avance lentement, je veux ressentir chaque détail, dérouler mon pied sur les pavés légèrement bosselés, je m'accroupis pour regarder entre eux les brins de mauvaises herbes et les petits insectes, les pissenlits qui poussent ici et forment un petit décor de petit enfant qui regarde par terre entre les grands une petite peinture ridicule de plantes cassées d'insectes écrasés, un petit monticule de printemps chaud et tacheté de noir qu'on regarde sans penser et qui s'imprime sans réfléchir dans la mémoire. Je me relève et un Boeing traverse le ciel bleu clair. Le haut du décor n'a pas changé non plus. Après tout, seuls six mois sont passés, que pensais-je trouver en arrivant ?

À mesure que je m'approche d'elle, je sens mon cœur battre plus fort et je n'ose pas la regarder franchement encore. Je laisse mes yeux se balader autour, le rosier encore fermé qui nous dit « attends un peu, je ne suis pas prêt », le lilas et ses cornets violets qui embaument à vous faire pleurer dès la première inspiration, le bouleau maigre, trop maigre, comme maman, qu'on a replanté ici car le premier a succombé il y a 10 ans. Mes parents ne comprenaient pas pourquoi il était malade alors un jardinier avait creusé pour découvrir que ses racines étaient emprisonnées dans du plastique. Il n'avait pas été sorti de son pot, il n'avait pas pu s'épanouir véritablement. Et pourtant. Il avait passé 35 ans ici, petit, joli, mais incroyablement mince et frêle. Et son remplaçant faisait comme s'il ne pouvait pas décemment s'épanouir à sa place malgré tout l'espace qu'il avait sous la terre, il n'osait pas, il recroquevillait ses branches, c'était un spectacle désolant.

Je laissais mes yeux partout s'attarder sur le terrain, un pigeon, une branche du palmier un peu jaunie, pas assez d'arrosage l'après-midi.

Au bout de dix minutes à contempler ce jardin que j'avais tant aimé parcourir enfant je me rends compte qu'elle me regarde. De ses fenêtres closes comme des paupières baissées par trop de colère. De sa porte verrouillée comme une femme blessée, à terre. Je la sens dans mon dos alors qu'assise sur le banc blanc resté dehors, le banc où mon papi jadis lisait le visage impassible, je la sens dans mon dos alors que je réchauffe au soleil mes doigts gelés par la peur, par la peine.

Je la sens dans mon dos et je guette les bruits, craignant le pire, un grincement venant du fond du jardin me fait me sentir aussi stupide qu'une gamine craignant l'obscurité sous son lit.

Je me retourne et décide de l'affronter, il s'agit bien de cela. Soudainement, ma colère prend le dessus, je la défie, je la déteste, je vais lui régler son compte à cette grande reine qui croit tout savoir, tout contenir, tout comprendre de moi. Elle ne sait rien. Que les chuchotements qui m'échappaient peut-être au téléphone avec une amie ou les sourires adressés à tous sauf à sa grande et belle froideur.

Les violences, les mensonges, elle n'a rien fait pour m'aider, scène de théâtre impassible, décor d'un bonheur factice, complice malgré elle des drames qui se jouaient. Je veux la quitter pour de bon. En même temps j'aime sa naïveté qui ressemble à la mienne, enfant, j'aime son innocence qui ressemble à celle de ma mère.

Suffit. Je la regarde désormais de haut en bas, de sa cheminée sur le côté à ses soubassements rosés. D'une extrémité à l'autre, le cognassier à gauche, la terre de bruyère et ses plantations grasses à droite et au milieu, sa porte d'entrée, lourde, bizarre, comme une cuirasse de soldat.

Il me semble un instant voir tressaillir le volet en bois qui recouvre la baie vitrée du salon. « Vas-y, viens si tu oses. »

Je glisse la clé dans la serrure qui cède facilement, dans une mollesse et une douceur familières. La première chose que je pense en entrant c'est que je n'ai plus peur. L'air de la maison n'a pas changé, il pénètre dans mes poumons comme une vapeur sucrée et envoutante. Tabac. Amande. Feuilles de chênes broyées. Un arrière-goût de lilas. De la fraîcheur. De la fraîcheur d'absence. Aussi magnifique qu'au retour de vacances. Cette odeur de nous sans nous. Je me sens retomber amoureuse comme une femme trompée qui ne résiste plus à son désir. Irrationnelle.

J'ouvre les volets. Je dois me dépêcher un peu maintenant, je n'ai que deux heures pour tout emporter. Les enfants et leur père m'attendent chez nous pour aller au cinéma. J'ai tellement traîné que je suis en retard. La lumière du soleil envahit tout le rez-de-chaussée et fait danser la poussière. Tout est en ordre. La nappe blanche repassée sur la grande table. Le tapis moelleux aspiré des jours de fête. Les grands fauteuils en cuir sont tournés vers la télévision. Seul le pouf est ouvert sur le reste de la pièce. J'y prends place comme je le faisais enfant. Avant que mon père n'y pose ses chaussures trop souvent.

Je balaye chaque pièce du regard à la recherche d'objets qui pourraient m'appartenir, m'apporter de la joie.

Je prends la photo en noir et blanc des gens d'avant nous et la dépose au fond de mon grand carton. C'est un soulagement de les sauver de l'oubli. Presque une joie. Je poursuis mon exploration. Dans le vestiaire, il n'y a rien, parfum de savonnette fleurie. J'ouvre tous les placards, celui des chaussures qu'on ne met plus mais qu'on garde au cas où, chaussures sèches, dures, racornies, relents de cirage, celui des manteaux, des chapeaux, des bottes de pluie, souvenir de retour de la chasse, papa qui lustre un fusil, l'imperméable vert qu'on huile le samedi. Rien ici, peut-être une des casquettes, non elles ne m'appartiennent plus. Je repense à mes cache-oreilles rose lapin ils devaient être cassés ils n'y sont plus. Je passe une tête dans le bureau, ce ne sont pas mes affaires, pas mes livres, pas mes papiers. Si j'apparais sur des photos, c'est malgré moi. Ici, le boulot est fait, rien ne me met en joie, tout m'effraie, tout m'a toujours effrayé. Les chiffres, les dossiers, les vieux albums, les sculptures de pays lointains, je les brûle du regard. En sortant de la pièce, je trébuche sur le grand tapis de l'entrée. Peut-être lui ? J'ai tant dansé sur les mains, sur les pieds, ici, épines de sapin en décembre, valises posées avant de partir en juillet, cartables éventrés, mes enfants, bébés à changer en hâte. Je l'aime bien, ce tapis. Mais il m'a fait trébucher. C'est un signe, j'y crois, les objets ont une vie. Dans les buffets, des affaires encore à mes parents, rien ne me concerne. Ni les tableaux, ni les luminaires, ni les bougeoirs, les vases ou la vaisselle très chère. Rien ici pour m'apporter une joie. Je les brûle des yeux encore. Si je pouvais emporter la cheminée, ça oui, les flammes que je regardais grandir et qui brûlaient presque ma peau tant j'en approchais mon visage, émerveillée, rassurée par ce moment, où mon père était présent, enfin, agitant les braises, ajoutant des bûches de bois. Le héron en cuivre dans la niche de la cheminée, celui que mon grand-père avait offert. Les grandes allumettes de géant posées à côté qui lui appartenaient aussi. Je les prends dans le carton, le héron, les allumettes. Je croise le regard de la télé, complice elle aussi avec son pouvoir anesthésiant qui réchauffe l'atmosphère, engloutit les silences. Je croise les yeux des magazines, en pile sur le panier en osier, à peine lus, ma mère ne prenait jamais de temps pour elle. Je poursuis. Les rideaux, non. À cet instant, un voilage se soulève un peu, c'est mon imagination. Quelle gamine je fais, à voir des signes de l'au-delà dès qu'un courant d'air s'infiltre sous un tissu, dès qu'un objet tombe, qu'un insecte se cogne dans les coins d'une fenêtre.

Pressée, je continue mon tour, la salle à manger, sûrement pas, des meubles affreux, lourds où je me blessais les genoux, des contraintes encore et encore, des tableaux, des chocolats de luxe périmés, des corbeilles de fruits collantes d'oranges oubliées. Une mouche dessus morte. Je regarde mon carton presque vide, je pensais que ça serait plus rapide. J'arrive dans la cuisine, je vois mon reflet dans la porte du four.

J'ai 40 ans. J'ai 10 ans. Je ne sais pas au fond si j'ai vieilli. Mon visage est le même, cheveux bruns en arrière, en chignon un peu lâche, yeux cernés. Je me surprends à nouveau à me remémorer un autre mauvais rêve. Premier bébé, première grossesse, cauchemars en pagaille. En plus du tri des objets du passé, je dois faire le ménage de l'inconscient. La petite naissait trop tôt et était si petite qu'elle se noyait dans la flaque de café qui toujours reste dans le trop-plein de la machine à espresso de mes parents. Je revois ça, je tente de repousser l'image. Le fœtus qui flottait dans le marc de café, les granulés autour de sa peau fripée. La réalité de la situation devant mes yeux me sauve puis me replonge dans d'autres tourments. Ils n'ont même pas jeté la dernière capsule de café. Qui l'a bue ? Pourquoi ? Le matin ? Le midi ? C'est un déca. C'est ma mère. C'était le midi. Elle l'a bu un peu trop froid après avoir débarrassé. Elle l'a bu et a laissé la capsule dedans pensant la remplacer demain par une nouvelle. Mais elle n'est pas revenue.

Le portail vient de claquer. Je ne l'avais pas refermé. Rien à prendre dans la cuisine. Peut-être cette cuillère en bois qui sert à accrocher les torchons, je l'ai fabriquée à la maternelle, feutrine rose, ficelle bien blanche, yeux doux en raphia jaune, petit bonheur de fête des mères, elle ne l'avait pas accrochée, ça m'avait vexée un peu et j'en avais fait tout un foin, mais surtout pour rigoler car elle était la douceur incarnée avec moi, une poupée de chiffon, une pêche de vigne, un bouleau aux doigts d'amandes effilées.

Oui la cuillère en bois, mais pas celle-là, plutôt la sienne, celle des sauces à longtemps remuer. Et aussi les tasses à café Garfield. La bleue et la marron de mes grands frères que je n'osais jamais utiliser.

Je regarde ma montre, je dois vite monter à l'étage car mes affaires y sont pour la plupart encore rangées. Je sais bien que je repousse le moment, je ne veux pas y aller, risquer de me sentir encore seule, abandonnée avec tout ce vide au rez-de-chaussée, tout ce vide sous mes pieds.

Je monte. Je dois contrôler ma respiration pour ne pas renoncer. Je finis la montée de l'escalier en courant et je m'engouffre dans le couloir des trois chambres d'enfants, je ferme la porte du couloir derrière moi dans un soulagement. Ici, plus de monstres. Espace sécurisé. J'entends comme quelqu'un qui cogne derrière, c'est mon imagination. Les chambres de mes frères, rien à prendre, ils viendront à leur tour, ou pas, c'est leur problème. Je ne peux pas m'en empêcher, je passe une tête dans les deux pièces quand même. Bleue. Jaune. Tout est calme. Les moquettes, les BD, les jeux de société. Leur présence encore vivace dans les murs m'apaise.

Je commence par la salle de bains, je retarde encore le moment d'inspecter ma chambre, je retarde toujours le moment de ce qui m'angoisse le plus, comme un tas de poussières qu'on isole dans un coin, j'avance pas à pas, quand il ne restera plus rien que ma chambre, j'y arriverai, je l'affronterai. Rien dans la salle de bains, vieux pot de crème ouvert, gel douche entamé, j'affronte les deux miroirs comme si je mettais deux tueurs en joue. Je les regarde, l'un après l'autre. Mon regard est noir, je m'attends à voir surgir quelqu'un derrière mon reflet. Encore une mouche qui vole, se cogne, et comme un bruit de canalisation.

Je vais finir par cette foutue chambre, je vais y arriver. La cave et le garage regorgent de bazar mais je n'irai pas. Si c'est rangé là-bas, c'est que ça ne servait déjà pas dans une autre vie, alors pourquoi s'en inquiéter maintenant ? La chambre de mes parents, je n'irai pas, sacré, interdit, mystérieux, indécent. Je n'irai pas, tant pis pour ce que j'aurais pu en ramener.

J'entre dans ma chambre. C'est comme un tombeau ouvert. Je me vois presque dans le lit rose.

Je me vois morte ici. Avec des nattes bien serrées car j'aimais qu'elles soient bien serrées, maman ne laisse pas de bosses ! Avec une chemise de nuit molle, douce, fleurie. Je me vois au milieu de mes vieilleries, porte-clés, cassettes, peluches, tirelire, bijoux de vacances, carte postales jaunies. Morte ici et vivante à côté. Je soulève le poignet de celle qui dort à ma place. Mou. Pas de pouls, le teint blanc. Ma poupée, mon pierrot cassé. Je n'ose pas regarder sous le lit, l'homme qui s'y cachait avec un couteau y dort encore la nuit.

Que prendre ? Quel objet provoque en moi du plaisir, de la joie ? Pas le lit, pas le chevet plein de cauchemars de peurs de départs. Lorsque mon grand frère est parti. La nuit de larmes. Et lorsque mon autre frère a pleuré. La nuit de drame. Pas les peluches râpées, pas les collections de gommes, pas les vêtements démodés, pas les jouets cassés, les poupées aux cheveux emmêlés et aux membres éparpillés comme les cadavres dans les polars. Je sens le couteau de l'homme sous le lit sur ma nuque. Je le sens comme avant, le couteau qui effleure mes cheveux. Je poursuis. Pas les CD, pas les cahiers d'école, ça ne servirait à rien. Les lettres ! Oui, les lettres de mon amoureux, ficelées entre elles par un grand ruban vert, je les prends, je les serre contre moi, c'est le plus doux câlin du monde, je le revois m'envoyer des marrons à travers la fenêtre depuis le jardin, son polo jaune, ses yeux si francs. Je dépose les lettres dans le carton. Je poursuis, j'ouvre les petits placards, les armoires, je vois défiler les années, les collections de poupées, de porte-clés, les souvenirs, coquillages, petits mots, bijoux de pacotille, ramenés de vacances, offerts par des proches, que je ne voulais pas jeter de peur de les oublier, les gens, les lieux, de peur de vieillir, d'avancer, de mourir. Toutes ces invitations, ces porte-bonheurs, ces fleurs fanées gardées précieusement et qui trahissent ma fragilité. Je les brûle des yeux. Encore. Il reste ma fenêtre. Ma douce. Son croisillon de bois qui découpe le jardin en six parts égales. Ma belle et grande fenêtre qui laisse passer les fumées de cheminées des voisins, les nuages de lilas, les brises de muguet, l'odeur un peu vide de la neige. Ma chère fenêtre, carré de nuit rien que pour moi, à rêver du père noël sur son traîneau dans le ciel. Un avion à la place. À côté, ma collection de parfums. Mes 101 fioles aussi élégantes que des bijoux. Je les prends toutes. Mon carton s'alourdit d'un coup. J'ajoute un livre, une encyclopédie d'enfant que j'ai tant lue que j'en connais tous les recoins.

Puis je pars, je ressens l'urgence de fuir un danger imminent. Comme le jour où mon frère était malade. La rampe dorée de l'escalier, les rambardes noires, il avait si mal, l'hôpital, ne pas tomber, la peur du vide, cet escalier en colimaçon quel danger, je le dévale de plus en plus vite, je veux m'enfuir et te laisser là pantoise seule abandonnée, vieille maison, j'ai repris toute ma joie, tous les objets que je peux encore aimer, tu n'es rien qu'une vieille maison abandonnée. Pleine de non-dits et de secrets. Je cours avec mon carton dans les bras, que je porte comme un enfant trop lourd. Je m'emballe, je veux en finir, respirer l'air libre, retrouver les miens, ma maison à moi, si claire, si neuve, si solide. Je manque les trois dernières marches. Je ne comprends pas tout de suite ce qui m'arrive. Le carton éventré tout en bas sur le tapis persan. Les fioles de parfum brisées sur les lettres, les tasses, le héron, la photo des gens d'avant à jamais noyée dans d'autres souvenirs. Je la vois se mouiller dans les effluves de parfum.

Puis, je vois le sang sur les joints du carrelage, du sang rouge presque aussi rouge que les dalles. Je ne parviens pas à bouger. Le portail claque une dernière fois au loin, j'aurais dû penser à mieux le refermer

Le créneau

C'est ma dernière heure de cours de conduite. En tout cas, dans mon esprit, il est clair que je n'en ferai pas une de plus pour obtenir de mon moniteur la sacro-sainte autorisation de m'inscrire à l'examen du permis.

Si je cumule le temps passé avec les deux auto-écoles qui ont tenté de m'apprendre à passer les vitesses correctement, on est déjà à 54 heures de leçons. Sans compter celles avec mon mari en voiture à double commande le week-end. Je n'en peux plus. Des contrôles avant de démarrer que je ne fais jamais dans le bon ordre, des décisions – passer, s'arrêter, doubler – que je n'arrive jamais à prendre ou bien trop tard ou encore sans savoir pourquoi. Des marches-arrière dans une allée glauque. Des accélérations dans une zone industrielle. Des demi-tours en trois temps dans le parking d'une préfecture. Et qu'on ne me parle pas de capot à soulever ou de liquide de frein à vérifier, le côté technique me rebute encore plus que toutes les manœuvres et réflexes à connaître. Je déteste les voitures dont je ne retiens jamais les modèles ou même les couleurs. Je déteste conduire, surtout aux ordres d'un moniteur dont le niveau d'étude ne doit pas dépasser 54 heures lui non plus.

J'ai eu le temps d'étudier le spécimen. Le type, en général la quarantaine bedonnante, ne possède ni intelligence ni beauté ni rien d'enviable à part ce foutu permis de conduire. Il doit être recruté pour ça, uniquement. « Monsieur, vous avez des diplômes ? Des passions ? Des projets ? » Si le gars répond non aux trois questions, il est embauché. En plus de son absence de qualification ou d'intérêt, le gars, en général, fume comme un pompier (« pompier, véhicule d'urgence à laisser passer, Bénédicte ! Range-toi ! »), parle dans un langage grossier (« Putain encore deux jours avant le week-end, c'est la loose ! ») et tutoie tout le monde, même son banquier.

C'est le premier truc qui m'a mise en rogne avec les leçons de conduite. Le tutoiement. « Tu prendras sur la droite. » On n'a pas élevé les cochons ensemble, mec ! Pourquoi mon vouvoiement en retour ne le calmait pas ? Pourquoi ? « Tu n'as pas regardé dans le rétro, ma grande ! » Oh mon Dieu, pas le « ma grande ». Alors que je suis plus âgée que lui (j'ai 40 ans !) et que je mesure 1 m 55. Alors qu'il est un homme et moi une femme. #Balance ton moniteur d'auto-école.

En fait, ce qui m'énerve le plus, ce qui me rend complètement dingue c'est de devoir obéir aux ordres d'un type pendant une heure. Ordres qu'il prend un malin plaisir à formuler au dernier moment et qui n'ont, de fait, aucun sens. Pourquoi on tourne à droite et pas à gauche ? Pourquoi on prend l'autoroute ? Pour aller où nom de Dieu ? Nulle part ! On roule pour rien. On brûle du gasoil pour rien. On conduit sans but. Enfin, je conduis sans but. Et je ne commande même pas le cerveau de cette action. C'est au-delà de mes capacités, au-delà de mes forces. L'apprentissage de la conduite est un festival de non-sens. Conduire pour aller nulle part. Être le conducteur sans savoir où l'on doit aller. Et ce taré, Gérard, (appelons-le Gérard pour éviter qu'il se reconnaisse et vienne m'agresser la nuit avec sa Clio toutes options, aspirée de fond en comble) Gérard me tutoie et me parle avec le ton d'un prof à bout de nerf devant une élève en difficulté. « Tu n'aurais pas vécu un traumatisme avec les voitures ? » me soufflait-il à la dernière leçon, voyant que je ne parvenais toujours pas à faire un créneau pour me garer. Stationnement en créneau, épis, bataille. Moi je vois des boulangers qui se disputent à l'époque des chevaliers pendant qu'il me dit ça. Un traumatisme avec les voitures ? Oui, peut-être la première auto-école qui a tenté de m'apprendre à conduire quand j'avais 16 ans. La monitrice, odieuse, qui m'avait insultée sans bouger de sa Volvo caca d'oie « T'es vraiment conne, toi, hein ! » elle m'avait lancé parce que je n'arrivais pas à comprendre le système de l'embrayage. On était dans les années 90. On fumait dans les trains. Les adultes maltraitaient les ados si ça leur chantait. Mais moi, j'étais pas une ado comme les autres. J'étais déjà en 2020 dans ma tête. Alors j'ai claqué sa porte de voiture à faire trembler son volant et je l'ai traitée de tous les noms. J'ai ensuite fait 22 fautes à l'examen du code, record départemental de logique illogique. Vous voyez ce piéton, que faites-vous ? A/ Je passe B/ Je le laisse passer C/ Je ne réponds rien car j'ai envie de rire, le piéton a une tête de con sur la photo.

Bref, aujourd'hui, j'ai le code (après un stage intensif de trois jours dans une cave où l'on m'a quasiment attachée pour que je regarde les diapos), c'est ma dernière heure et ce Gérard est là, à me toiser avant de monter dans la voiture. Il fume sa clope de 8 h 55. Avec sa casquette à carreaux genre béret de surfeur et son jean baggy qui descend sur ses grosses fesses molles de gars trop souvent assis. Il a le visage rouge et les cheveux frisés. Une vraie tête à claques.

Pour bien comprendre mon récit, il faut savoir que ce jour-là, je suis enceinte. Enceinte de 8 mois et demi. Et le demi a son importance quand il faut caser son ventre sous le volant, sur le volant, contre le volant, où on peut. Évidemment, cette ultime heure de conduite est tout à fait malvenue dans mon « état » comme le rappelle Gérard dès qu'il peut. Évidemment. Mais moi je veux une date. Une date pour passer ce permis qui m'a coûté déjà un an de salaire. Et je sais que j'ai les capacités de le passer, que Gérard fait traîner pour que son copain avec qui il a monté « Speed rabbit conduite » puisse s'en mettre plein les fouilles. À savoir : sans date d'ici trois mois, je perds la validité de mon examen de code et je dois tout recommencer. Ce qui est inenvisageable tant sur le plan financier que moral. Je ne suis pas l'idiote qu'il croit. J'ai fait 6 ans d'études. J'ai un mari, deux enfants, une maison. Je suis éditrice. Je publie des livres. Ça veut dire que des gens me font confiance, Gérard. Ça veut dire que je ne suis pas « ma grande » ni « ma traumatisée ». Je suis juste abasourdie par le non-sens de ces leçons, barbée par tes discours sur la vie en région parisienne versus la vie à Nantes avec ta copine punk à chiens et tes envies de trek au Groenland. Je suis si mal à l'aise dans cette caisse qui sent la vanille chimique, le neuf et la clope roulée. J'ai failli y vomir dix fois au début de la grossesse. Et maintenant ce siège noir en faux skaï qui me colle aux cuisses. Oui, Gérard, j'ai mis une robe alors que je suis enceinte. Oui, Gérard, tu peux rouler tes gros yeux bleus vides dans tous les sens, mes seins ont doublé de volume ce dernier mois. Oui, Gérard, je suis venue te prouver que j'ai le droit d'avoir une date pour tenter ma chance au permis comme tous les autres condamnés à mort qui s'y préparent pour la rentrée. On est en juillet, je précise. J'accouche donc à la fin du mois. Et le plan, c'est permis en septembre pour espérer assumer trois enfants en bas âge sans avoir à prendre le taxi pour aller chez ma mère. Le plan, c'est que toi, Gérard, tu reconnaisses enfin que j'ai progressé, pigé des trucs essentiels.

« Ça m'inquiète, Bénédicte, tu manques de confiance en toi », il me balance d'entrée de jeu.

Quand, Gérard, comprendras-tu enfin qu'avec toi je n'ai pas confiance en moi ? Avec toi je suis mal à l'aise d'être aussi belle et instruite alors mon cerveau se met en mode « bêbête », en mode « ma grande ». Je me rabaisse pour ton bon plaisir d'homme. C'est l'analyse de mon psy. « Vous avez un problème avec votre réussite, vous n'assumez pas, alors face à une personne que vous estimez peu, en l'occurrence votre moniteur d'auto-école, ça s'exacerbe. » Des millénaires de domination masculine et je suis incapable de passer la cinquième.

Va savoir s'il a raison. J'étais pareille avec le prof de maths. Et le prof de techno. Incapable de comprendre ce qu'ils me racontaient. Tout se brouillait dès qu'ils expliquaient. Si on me parle technique, abstrait, nombre, je me déconnecte, je n'écoute plus. Je n'ai pas le droit de comprendre. « Votre père vous a-t-il admirée ? Ou plutôt mise dans une case ? », me demandait encore le psy hier. « Euh… Comment vous dire ? Mon père adore mon sourire et ma façon d'être si affable avec tout le monde. »

Mais aujourd'hui, je vais montrer la vraie Bénédicte. J'ai décidé de faire comprendre à Gérard ce que je vaux vraiment. Alors j'allume l'autoradio avant de démarrer. Ça le fait marrer. « Il te prend quoi, là, Bénédicte ? » Je bafouille une réplique de midinette, « ça me met à l'aise pour conduire ». Il a son rictus qu'il pense malin. Raté, je suis encore plus énervée et souriante.

Le début de l'heure se passe néanmoins plutôt bien. J'enchaîne les décisions qui ne sont pas les miennes et qui ne mènent à rien. Droite, gauche, gauche, droite. Longer le centre commercial. Prendre le rond-point. Traverser la zone pavillonnaire. Revenir en arrière pour se diriger vers le parking du bois. Ah ! Le parking du bois. Un lieu parfait pour apprendre à faire les créneaux sans déranger les autres conducteurs, les vrais. Ou se faire violer gentiment sans risquer de trouver de l'aide. Ça me botte à fond de me retrouver là-bas avec Gérard et ma robe de grossesse qui remonte à l'avant à cause du volume du ventre. Et la chaleur qu'indique le thermomètre de la Clio : 28 degrés. Il est seulement 10 h…

Gérard me demande alors de mettre la clim en conduisant. C'est un test, bien sûr. J'enclenche les feux de brouillard arrière. Il ne relève pas. Sympa aujourd'hui. Je dois lui faire de la peine. Avec mes

54 heures au compteur. Mon bébé qui arrive bientôt. Mon code qui menace de périmer. Et mon sourire niais de Bénédicte qui ne laisse rien voir de sa colère et de sa grossièreté revancharde.

À tel point qu'il me sourit aussi maintenant. Il essaye de me mettre en confiance en parlant plus doucement, en m'encourageant. Je roule vers le parking, une sorte de terrain vague aménagé à l'orée du bois, encadré par des barrières de fortune. Je m'y engage sans trop de stress. Il n'y a pas un chat comme d'habitude.

Et le truc le plus gênant du monde arrive.

Je perds les eaux. Il n'y a aucun doute là-dessus. J'ai déjà vécu la scène deux fois. Pas dans la voiture, bien sûr. Mais le liquide tiède qui coule jusqu'au tendon d'Achille sans douleur, sans odeur, sans prévenir, c'est forcément ça.

Je décide de poursuivre la manœuvre. Oui, parfaitement. Je n'appelle pas mon mari. Je n'appelle pas les urgences. Je vais prouver à Gérard que j'en suis capable, même en perdant les eaux. D'ailleurs, il ne le saura pas. Il me reste seulement une demi-heure de conduite à tenir. Aucun problème, pour les deux premiers accouchements, j'ai dû attendre 24 heures entre la rupture de la poche des eaux et la naissance. La maternité où je suis inscrite est à 10 minutes, j'y serai bien assez tôt. De toute façon, si je pars maintenant, je n'aurai pas de date. Et mon permis sera repoussé à Noël. Et mon code sera nul. Et je devrai revoir

Gérard en hiver, laisser mon bébé à une nounou pendant que j'irai conduire nulle part avec Gérard. Le scénario est tellement absurde. Payer quelqu'un pour pouvoir payer quelqu'un d'autre à m'apprendre à faire un truc que je sais déjà faire. Je préfère cent fois continuer le créneau en perdant tout mon liquide amniotique.

« Gérard, je fais ce créneau et on retourne à l'auto-école pour que tu me donnes un créneau permis justement ! » Je tente l'humour.

« Bénédicte fais-le et on en reparle », il me répond très sérieux en enlevant son béret de surfeur pour s'essuyer son petit front gras.

Nom de nom si tu savais ce que tu me demandes. L'eau coule par salves irrégulières. J'ai les cuisses trempées, les baskets qui font floc-floc comme mes bottes à la pêche aux crabes. L'avantage de la situation, c'est que Gérard ne voit rien. Le bas de mon corps est plongé dans l'obscurité de l'habitacle. Si je ne dis rien, ça va se remplir comme un petit aquarium mais Gérard ne se doutera de rien. Ça me stresse un peu, toute cette eau avec le bordel technique sous les pédales, mais comme j'y comprends rien au moteur, comment ça s'allume, comment ça pistonne pour qu'on roule, je laisse à plus tard mes réflexions. Au pire, on tombera en panne. L'eau ne peut pas foutre le feu que je sache.

Je commence mon créneau tranquille, je vise le phare opposé de la voiture garée là, une épave que l'auto-école a dû payer car elle y est toujours. En me tournant pour bien viser je reçois comme une décharge électrique dans le bassin. C'est une première contraction, ça me surprend à ce stade, mais j'encaisse vaillamment en soufflant très fort. Gérard me félicite en sifflant, il pense que je fais de la relaxation pour réussir le créneau. La suite est classiquement dramatique. Je ne suis pas « assez » entrée dans la place et malgré tous les efforts du monde pour m'approcher du trottoir, je reste garée bien droite certes, mais à un mètre du bord.

Gérard me dit qu'on va recommencer. Il a l'air très agacé, sa clope de 9 h 35 l'appelle déjà. Il sort s'en griller une sur le bas-côté.

Deuxième contraction. Plus forte que la première. Je me plie en deux. Enfin, j'essaye. En serrant les dents.

Et là je réalise ma folie. Le bois désert en ce matin de semaine. La voiture épave dans mon rétro. Le sapin qui pue la vanille au-dessus de ma tête. Le bras poilu de Gérard adossé à la Clio. Il se frotte au niveau du poignet, de sa gourmette large. Il écrase son mégot de sa chaussure ronde, une sorte de bottine de lutin vaguement rockeur. Pourquoi je fixe sur ses chaussures au lieu de chercher une solution ?

La troisième contraction m'oblige à hurler, hurler comme une dingue. C'est toute la colère contre le permis qui sort avec la douleur et la peur. La colère contre Gérard, sa gourmette, ses chaussures, son béret, ses réflexions, le tarif de son auto-école, le bouton d'allumage de la clim que je ne trouve jamais... Le soulagement que ça m'apporte, ce cri!

Et en même temps, une sensation fait place à une autre. J'ai envie de pousser. Maintenant. Tout de suite. Qui m'a dit que le troisième enfant arrivait souvent comme un boulet de canon? Ma voisine peut-être...

Gérard lui, a la bouche ouverte. L'effet de surprise sans doute. Il me regarde par la fenêtre côté passager. Je crois qu'il comprend car il sort tout de suite son téléphone pour appeler les pompiers. Efficace, le taré.

Puis il fait le tour de la voiture pendant que je continue à me débattre avec les tiraillements et la peur de la prochaine vague de douleur. Ahhhhhhhhhh!!!!!!!!!!!!!!

Il ouvre ma portière délicatement, il incline mon fauteuil et le recule au maximum. Il découvre l'aquarium. Tout ça en même temps. En silence. Sans me toucher, même me frôler. Il m'enlève mes chaussures l'une après l'autre qu'il vide dans la terre du parking. Ça fait une petite flaque à côté de nous. À cet instant, je suis prise d'un fou-rire. Je pleure en même temps que je rigole.

« Bénédicte, ne t'inquiète pas, les pompiers vont arriver, ils ne sont pas loin, concentre-toi sur ta respiration. » Il met radio classique, il me tamponne le front avec un mouchoir, fait l'éventail pour me rafraîchir avec le carton de l'horodateur. Puis il me propose de l'eau, enfin du café froid, il n'a que ça dans sa petite thermos Batman.

« Non merci Gérard, je voudrais surtout terminer le créneau », je lui réponds obstinée.

Il me dit non, pas dans cet état, c'est impossible, tu dois rester tranquille. « Mais tu vas me donner une date de permis quand même ? » je lui demande, le visage de nouveau tordu de douleur.

Il repasse alors côté passager, prend les commandes, attache ma ceinture et me demande de rester calme. Il refait mon créneau parfaitement, sans à-coups, sans s'y reprendre, sans frimer comme il le fait d'habitude avec une main qui coulisse sur le volant et les yeux au ciel. Une fois garé, il me propose : « Le 1er septembre pour le permis, ça te conviendrait Bénédicte ? »

Lorsque les pompiers sont arrivés, la tête de mon bébé était déjà sortie. J'étais au point mort donc je pouvais appuyer sur les pédales comme une folle pour prendre appui. J'ai poussé si fort que tout le corps de mon fils est apparu d'un coup. Magnifique boule de vie que j'ai serrée contre moi en pleurant.

Gérard a refumé une cigarette en s'éloignant un peu de la scène. Il m'a fait un petit signe de surfeur pour me dire au revoir. J'ai répondu vaguement, levant ma main de la couverture de survie qui nous emballait moi et mon nouveau-né lové sur ma peau moite, allongés sur le brancard.

Pour me souvenir de Gérard, de sa nullité qui n'en était pas une, de ma nullité qui n'en était pas une, des fausses impressions qu'on se fait des gens et de soi-même, pour me souvenir de toute cette bêtise humaine qui nous englue dans les préjugés et nous empêche d'être forts et respectueux, j'ai appelé mon fils Gérard. Enfin je l'ai appelé du vrai prénom que portait mon moniteur d'auto-école. Et pour couronner le tout, j'ai eu mon permis avec le maximum de point le 1er septembre. « Bravo ma grande » a dit Gérard en apprenant la nouvelle. « Merci mon petit » je lui ai répondu en lui serrant bien fort la main.

La balle de tennis

Plastique froid. Réminiscence de magasin de sport, air climatisé, baskets trop rigides. Le couvercle un peu mou cède facilement. L'opercule avec souplesse aussi. L'air neuf se dégage à l'ouverture de la boîte en métal. Il prend une balle dans sa main, la jauge, ferme et légère. Le jaune citron, les poils ras, la ligne bien blanche.

Il met les trois autres dans ses poches. Deux à gauche. Une à droite. Le short gris remonte sur les cuisses blanches. Marque de bronzage breton. Il ouvre un peu la bouche en lançant la balle au-dessus de sa tête, assez haut pour faire le joli tour de raquette dans le dos, légèrement devant lui pour avancer en frappant. Le cadre de la raquette érafle le sol vert. Petit cri haletant. Le service fuse net dans le carré adverse. 15-0.

Les fleurs sèches, mauves, mimosa et blanches, piquantes et douces ondulent sous le vent marin. La plage ramène quelques grains de sable sur le bord du terrain. Une balle a voltigé au-dessus des grillages. La retrouver, rafraîchie par l'acidité des pins, couverte d'épines brunes et sèches de l'été caniculaire.

Le jaune a déjà chauffé. Il dit l'eau fraîche bue entre les jeux dans la bouteille cabossée. Il dit la sueur salée, l'amertume de la crème solaire. Il dit le baume pour calmer les douleurs, menthe saturée d'armoire à pharmacie. Le jaune ramollit. Le jaune pâlit ou s'orange, c'est selon la surface. Il dit l'envie de gagner, la force de remonter, l'élégance du doute.

À la fin du match, les balles se rangent, dociles. Il tient la boîte en métal par le couvercle, marche sur le chemin plein de poussières de vacances vers le club house. Il pose le sac blanc argenté mou brûlant sur la petite table. Il ne lâche pas ses balles pendant qu'il boit d'un trait son soda. Au moment de saluer son adversaire, il sent les minuscules poils jaunes collés sur sa paume. Il s'essuie d'un revers de main sur son tee-shirt mouillé.

Le gros soleil orange le pousse dans le dos lorsqu'il regagne l'appartement. Passe devant le mur où les balles qu'on use pour s'entraîner cognent, irrégulières. Il a bronzé, il a gagné, il a faim. Ses baskets sont lourdes sur les allées ensablées autour des terrains de tennis. Sur l'herbe grillée, il a l'impression de marcher en apesanteur. Il prendrait bien une prune acide vert pomme à la chair comme de la grêle en passant près des arbustes mais c'est l'heure du dîner.

Puis c'est la pénombre du hall de l'immeuble. Le noir moucheté de blanc sur les murs aveugle. Le carrelage froid désaltère. Ça sent l'aluminium des fausses plantes décoratives, cette odeur bizarre, il peut s'en souvenir. C'est l'odeur des vacances lorsque la grande voiture arrive un soir tard. Gravillons, portières qui claquent, jambes chaudes et nouées, valises coincées dans l'entrée et ce hall d'immeuble.

Il entend le crépitement des pommes de terre rissolées dans le beurre. Il avait vu de la fumée grise qui s'échappait de la terrasse. Le store orange est en place. Les autres, son frère, sa sœur, plus jeunes, sont propres et en pyjama. Il faudra se doucher avant le dîner, c'est sûr.

Puis s'asseoir avec eux autour de la grande table et dorer encore un peu avec le soleil couchant.

Il va passer pieds nus sur le sol en gazon plastique vert pour ranger ses affaires dans le petit cagibi sombre. Linge propre légèrement sucré sur un fil. Filets de pêche aromatisés aux algues, étoiles de mer sèches exhalant le sel de l'Atlantique. Il pose ses balles et sa raquette sur l'étagère à côté des bouées gonflables, des pelles et des seaux multicolores irisés de sable. Le jaune dit le bonheur de juillet. Le jaune dit la joie de l'instant où tout le monde l'a attendu pour continuer à vivre.

Il est prêt en cinq minutes, rejoint la petite troupe bruyante, heureux à l'idée du prochain match de tennis. Demain, il ressortira ses balles et elles raconteront la nuit. Lourde, humide, pressée du matin frais, pressée de cette Bretagne bleu marine dont les rayons de soleil apporteront le panier plein de merveilles du marché et le moelleux d'une brioche à dévorer.

Quelqu'un frappe à sa porte et entre dans le même mouvement. C'est l'infirmière. Elle a besoin de connaître ses premières impressions après l'opération.

Il éloigne la balle de tennis de son nez encore recouvert d'un pansement et la repose tout doucement dans sa boîte neuve posée sur la table de nuit de sa chambre d'hôpital.

La balle de tennis. C'est le premier objet qu'il voulait sentir de retour de la salle de réveil dans ce service de chirurgie ORL spécialisé. Six ans qu'il trimballe des odeurs pleines de vide, son enfance devenue une feuille de papier bulle impossible à percer. Six ans qu'il avait perdu la saveur du souvenir.

« Merci, je me sens parfaitement bien. »

Le rendez-vous

Ça m'a réveillé une nuit. D'un coup. Sans raison. En fait si, à bien y réfléchir, ce n'était sans doute pas un hasard. J'avais passé une partie de l'après-midi à la Grande Galerie de l'évolution avec les enfants. On avait traversé le jardin central qui relie les deux musées et longe la ménagerie du Jardin des Plantes. Des sculptures grandioses illuminaient le ciel gris de novembre. Des manifestants scandaient des slogans pour la protection des orangs-outans. C'était un dimanche d'hiver comme je les adore. Avec l'envie d'aller dehors et l'envie de rester dedans. Avec l'énergie de transmettre, expliquer, marcher. Je tenais mes deux grands par la main. On prenait des photos de tout. J'étais passée devant le grand chêne sans y penser. Mais son image m'avait réveillée dans la nuit qui suivait. D'un coup.

J'avais un rendez-vous avec mon amie Adèle sous cet arbre du Jardin des Plantes dans deux jours ! Le 22 novembre 2019. La date était décidée depuis mes 15 ans. Sous cet arbre qui borde l'allée centrale. Le premier sur la droite lorsqu'on arrive par l'immense grille depuis la place Valhubert.

J'étais passée devant l'arbre du rendez-vous avec mes enfants sans y penser, sans voir en lui l'arbre de la lettre, de la promesse d'ado. Je l'avais frôlé de côté, de profil. Il faisait presque nuit, une nuit d'après-midi. L'arbre se déguisait d'un air de bleu, de nuit, de froid, d'un air de fête foraine dans le brouillard avec des enfants qui sautillent. Rien à voir avec le jour où je l'avais découvert, en 1995. Tout était si différent, l'angle, la saison, l'heure de la journée.

Cette première fois, c'était de face, l'été, en fin de matinée certainement. Le jardin s'habillait d'un vert tendre. Un vert de jaune. De printemps tiède, de balade sans blouson et de sandwichs sur un banc. Avant de s'asseoir sous ce chêne, mon amie Adèle et moi avions longé la Seine à pieds. On venait de la fac de Jussieu. Adèle avait voulu y saluer son père, chercheur en physique qui travaillait là-bas. Mais on ne l'avait jamais trouvé. Je me souviens des portes jaunes sales qui s'ouvraient sur des petites salles décrépies. On jetait un œil pour constater l'absence. Salle après salle. Il n'était nulle part. On le savait bien toutes les deux. Mais on faisait semblant. Comme dans un jeu. Puis on avait visité l'Institut du monde arabe. Une expo. Je ne sais plus laquelle. Avant d'échouer ici sous cet arbre et de se promettre d'y revenir ensemble un jour adultes.

On avait choisi une date lointaine, hivernale. Cela nous rassurait tant de savoir que nous serions toujours là l'une pour l'autre malgré les années.

« Rendez-vous le 22 novembre 2019 sous le chêne à l'entrée du Jardin des Plantes. Ne jamais l'oublier. » Le « Ne jamais l'oublier » était entouré au stylo plume sur le petit mot plié en deux que j'avais retrouvé sans mal dans mes souvenirs d'enfant au grenier. Le petit papier jauni était coincé dans le couvercle d'une boîte en forme de coffre au trésor, fleurie, mauve qui renfermait, outre, ce message, quantités de babioles, gommes, badges, petites poupées en plastique.

« Ne jamais l'oublier », mon cerveau avait fait le job. Il m'avait réveillée en pleine nuit pour sonner l'alerte. Je peine en revanche à m'expliquer cette balade au Jardin des Plantes deux jours avant le rendez-vous, peut-être un élan du corps lui-même, avant le réveil de la conscience, une sorte de réflexe qui m'aurait poussé sur ce chemin.

Ou bien, c'était justement cette balade dont l'objectif, seulement pédagogique, avait éveillé mes sens, aiguisé ma mémoire. Et celle-ci aurait envoyé le message pour que je repense à la boîte fleurie, au petit mot. Peu importe le mécanisme à l'œuvre, je n'avais pas oublié et il était crucial pour moi, pour Adèle, d'agir maintenant.

« Mon rendez-vous avec Adèle au Jardin des Plantes, c'est après-demain » avais-je déclaré d'un ton sérieux à mon mari Pierre au petit-déjeuner.

« De quoi tu parles ? »

« Tu sais bien, je t'ai déjà raconté. Adèle et moi avions fait une sorte de pacte. Le genre de truc que font les ados. Mélanger leur sang, enterrer leurs bijoux ! »

« Vous avez mélangé vos sangs ? »

« Mais non ! On a rédigé un mot avec un lieu et une date pour se retrouver. Et on devait toutes les deux le garder. Et respecter le rendez-vous quoi qu'il arrive. »

À ces mots, les larmes m'étaient montées aux yeux.

« Tu vas quand même pas y aller, rassure-moi !? »

« Bien sûr que si ! » j'avais répondu, sans vraiment savoir dans quoi je m'engageais.

Tout ce qui tournait autour de cette amitié me semblait dangereux, étrange et impossible à fuir. Je devais aller au bout du mystère. Quitte à me donner une frousse bleue.

J'avais 11 ans lorsqu'Adèle s'était intéressée à moi. À moi et mes copines de sixième si je veux être précise. Elle avait deux ans de plus que nous, une doudoune avec empiècements en cuir et des cheveux très noirs au carré. Quelle fierté d'attirer l'attention d'une quatrième. J'étais une ado boulotte. Sociable mais très complexée. Adèle me faisait oublier tout ça. Elle riait énormément. Un rire guttural, communicatif, avec les yeux qui disparaissent en se plissant. Elle parlait avec les mains. Des mains courtes et épaisses à l'image de sa silhouette plutôt trapue, presque masculine. Parfois mal à l'aise et cassante, sa personnalité soufflait le froid et le chaud. Mais c'est le chaud qui l'emportait avec moi. J'étais sa préférée, son amie avec un grand A désignée parmi une assemblée de 400 collégiens de banlieue.

« Pourquoi moi ? Quand on y pense, c'est bizarre ! J'étais en sixième ! », avais-je repris en lavant les tasses du petit-déj.

« Elle était peut-être amoureuse ? », suggérait Pierre.

C'est vrai qu'Adèle avait détesté me voir en couple. Notre amitié, déjà compliquée, avait changé de tonalité lorsque Pierre, qui allait devenir mon mari, était entré en scène.

« Je n'en sais rien. Je pense que c'est plus subtil que ça. »

Adèle et moi passions beaucoup de temps à parler au téléphone. Des conversations jusqu'à des heures avancées de la nuit. La maison était alors plongée dans le silence et l'obscurité. J'avais froid dans mon pyjama, recroquevillée dans le faisceau de lumière orange du bureau de mon père. J'avais peur de raccrocher. Peur de devoir ensuite monter seule me coucher. Alors je restais pendue, pendue aux lèvres d'Adèle, à ses histoires bizarres, à ses théories sur la vie, sur la mort aussi, à sa force.

Elle n'avait pas de maman. Ou plutôt si, mais elle ne la voyait jamais et ne lui semblait pas attachée. Elle me paraissait être en colère contre elle, en avoir honte. Sa maman habitait pourtant, d'après la rumeur, dans un appartement en face du collège ! Elle était, si je me souviens bien, infirmière à son compte. Quant à son père, elle l'adorait et vivait avec lui dans un HLM de la cité voisine, là où mon propre père exerçait comme médecin. Mais son père non plus, elle ne le voyait jamais. Il était, d'après Adèle, très occupé par ses recherches. « Il rentre très tard de la fac », me racontait-elle, fière de l'importance de son travail. Je trouvais cela étrange, mystérieux de ne jamais apercevoir ses parents, ni au collège, ni dans le quartier, mais j'avais trop peur d'ouvrir une blessure, de déstabiliser mon amie pour poser des questions sur cette situation familiale.

Adèle faisait ses devoirs seule. Elle dînait seule. Elle dormait seule. Je le devinais. Sans vraiment m'y attarder ou m'en émouvoir.

Je suis rentrée une seule fois chez elle. L'appartement était très rangé, meublé sans charme ni objets personnels. Je revois vaguement son lit. Le bureau très ordonné. Les lumières tamisées. Le miroir qu'elle avait installé pour que sa chambre s'y reflète. « J'adore voir ma chambre dedans », m'expliquait-elle, excitée de sa trouvaille.

Adèle avait fait un cake aux pommes et à la cannelle qui était posé sur la table de la salle à manger. Sa spécialité. Il n'était pas complètement cuit au centre mais elle le préférait comme ça. Et moi aussi. Impossible de toute façon de la contredire. Notre amitié, fusionnelle tenait sur des détails insignifiants. La moindre de mes désapprobations pouvait provoquer une dispute violente, toujours par écrit. J'avais par exemple un jour émis une réserve sur le modèle de ses chaussures que je préférais plus rondes. S'en était suivie une lettre alambiquée où elle s'inquiétait de nos différences, de la fragilité de notre lien devant tant d'incompréhension. Ces échanges me fatiguaient beaucoup, je devais décrypter dans ces phrases la tendresse blessée derrière les paroles dures et rassurer Adèle encore et encore. C'était une amitié pesante dont je rêvais parfois de me défaire. Une forme de pitié m'en empêchait, une pitié dont j'avais honte. C'était comme si je devais quelque chose à Adèle, comme si je n'avais pas le droit de l'abandonner ni même d'en avoir envie.

C'était plus facile pour moi de la voir chez moi, chez nous. Elle perdait alors de son emprise. Elle était très timide avec ma famille. N'osait parler avec personne, ni mes grands frères, ni mes parents qu'elle admirait beaucoup. Dans ma chambre, elle était plus détendue. Elle me ramenait des tas d'objets fétiches que je devais garder précieusement. Un échantillon de son parfum. Un mini-cactus. Une main de Fatma. Des bâtons d'encens.

Adèle parlait beaucoup de ses origines. Elle m'avait montré, même donné une photo d'elle bébé, en layette en dentelle dans un paysage méditerranéen. Je me souviens du cliché, comme échoué du siècle dernier. La photo avait été prise en Algérie je crois.

Adèle avait un frère et une sœur beaucoup plus âgés qui avaient déjà des enfants. Qui vivaient dans le Nord de la France et qu'elle ne voyait pas. Elle n'avait qu'une pâle photo d'eux qu'elle me montrait comme un trésor.

J'étais captivée par cette vie mystérieuse. L'absence de cadre. La grande autonomie de mon amie qui excellait au collège malgré sa solitude. J'étais admirative de son écriture, serrée, bleu nuit. Elle appuyait très fort sur la plume. Elle signait « Djinn ». « Ça veut dire le diable en arabe », me confiait-elle en riant et en remuant ses doigts au niveau de ses yeux. « Mon père m'a dit que j'étais le diable », ajoutait-elle sérieusement. Toujours ce sourire plissé suivi d'une moue triste, les yeux étonnés, les sourcils hauts. À ces instants, Adèle me donnait envie de la protéger. J'étais sa cadette mais ma stabilité familiale, le foyer chaleureux dans lequel je grandissais me paraissaient un refuge pour son esprit tourmenté.

Nous nous adorions sans comprendre vraiment pourquoi. Peut-être l'humour un peu corrosif, la répartie avec les autres ados, le goût pour philosopher sur tout et rien. Ou bien une similitude dans la noirceur des yeux, la petite taille, la teinte de la peau. Je bronzais facilement, je tenais ça de mon père, pied noir. Pas autant qu'elle, ce qui la rendait fière. On partait en colo ensemble à la montagne. Tous les ans. Elle jubilait en se voyant toute brune dans le miroir des sanitaires et ne se lassait pas de comparer son bras avec le mien.

« Rendez-vous avec Adèle le 22 novembre 2019 sous le grand chêne à l'entrée du Jardin des Plantes. Ne jamais l'oublier. »

J'avais relu le petit bout de papier souvent, à différentes périodes de ma vie. Au moment où nous l'avions écrit bien sûr, peu après avoir déambulé en Doc Martens dans Paris à la recherche du chercheur, du père, absent. Puis pendant les années de lycée qui avaient suivi et durant lesquelles nos discussions et nos virées sur Paris se faisaient plus rares. Adèle préparait le concours de médecine. Pour tenter d'embrasser la même carrière que mes grands frères et mon papa. Cela l'obligeait à beaucoup travailler et toute cette énergie qu'elle déployait, penchée sur ses cours, m'impressionnait. Je la suivais dans les salles de travail de la bibliothèque nationale. Moi avec mes manuels de première, elle ses « poly » de médecine. Cette ambiance feutrée, rayonnages à l'infini, faisceaux de lampes vertes où la concentration, l'intelligence dans les yeux des plus âgés brillaient comme un trésor, me plaisaient autant qu'à elle. Nous retrouvions notre complicité dans cette admiration pour le savoir, les lieux d'exception et Paris, Paris notre eldorado de jeunes filles de banlieue. Tout ceci était entrecoupé de moments de jalousie intense, de sa part, de mesquinerie à mon égard. Adèle se réjouissait lorsque j'étais en difficulté, un genou cassé au ski, une mauvaise note en maths, mes déboires la rendaient euphorique et odieuse. Et mes autres amies ne comprenaient pas pourquoi je m'attachais tant à elle et comment je pouvais supporter autant de méchanceté de sa part. Ma mère aussi s'en inquiétait et trouvait Adèle de plus en plus gênante. Adèle avait ensuite fait la connaissance de Pierre dont j'étais tombée très amoureuse pendant l'été de mes 16 ans. Elle se moquait de nous, de notre romantisme. Elle trouvait Pierre « provincial » et analysait ses tenues, ses paroles, ses goûts avec une malveillance telle que je décidai de couper les ponts pour de bon, au moins intérieurement. Ce qui signifiait laisser « pourrir » la relation car une vraie rupture, explicite, aurait provoqué trop de remous. Adèle était une personne qu'on ne pouvait pas quitter.

Puis, la vie avait continué, j'avais déménagé dans Paris avec Pierre, commencé à travailler, à perdre du poids, à prendre confiance en moi. La boite violette et le message qu'elle renfermait étaient restés dans un tiroir de ma chambre de petite fille. Cette amitié m'encombrait plus qu'elle ne m'apportait de joie. Bientôt, Adèle ne fut plus qu'un numéro de téléphone sur mon carnet d'adresses. Un souvenir d'ado, de relation fusionnelle, toxique.

Trois ans plus tard, je découvris qu'Adèle avait emménagé à quelques rues de notre nouveau quartier. Sans doute une coïncidence. La curiosité et les quelques amis que nous avions gardés en commun finirent par me convaincre de la revoir. Non sans me forcer un peu.

Son appartement, grand, envahi de photos de vacances où Adèle arborait son fameux bronzage était méticuleusement agencé et décoré d'objets originaux. L'intérieur chaleureux me rassura sur son état émotionnel. Adèle avait finalement fait des études de droit. Elle avait un appart, un travail où elle était appréciée. Mais elle vivait toujours seule.

La tension entre nous était palpable mais nous faisions comme si ces retrouvailles étaient banales.

« Je te sers un thé ? »

Adèle était très fière de ses nombreux thés luxueux et ses mugs fleuris.

« Je n'aime pas trop ça. Tu aurais un café plutôt ? »

Nous fumions toutes les deux un peu nerveusement en nous donnant des nouvelles. Famille et couple pour moi, boulot pour toutes les deux, projets de voyages… Le temps d'évoquer quelques souvenirs et je repartais, soulagée que le moment soit enfin terminé. J'avais la sensation d'être venue pour elle. Mélange de pitié et de culpabilité. Je me sentais si invincible. Avec tout l'amour qu'on me portait. Je pouvais bien en donner quelques miettes à une vieille amie qui semblait toujours aussi esseulée.

Quelques mois plus tard, Pierre et moi avons convié Adèle pour notre mariage, enfin pour le vin d'honneur, mais pas pour le dîner. Cruel découpage entre ceux que l'on invite surtout pour se faire admirer et les autres, à qui l'on porte une franche affection.

Adèle était engoncée dans un tailleur bleu marine et un chemisier blanc. En mode mal à l'aise. Très mal à l'aise. Sur la photo à la sortie de la mairie avec d'autres copines de mon enfance, elle rit de son rire si particulier. Et je resplendis dans ma robe en dentelle, au bras de mon père, plus bronzée que d'habitude, plus bronzée qu'Adèle.

C'est la dernière fois que nous nous sommes vues.

Un an plus tard, début 2002, j'ai reçu un appel. D'une connaissance qui partait aussi en colo avec Adèle et moi et qui était restée plus proche d'elle. Elle m'a demandé de m'asseoir pour continuer la conversation.

« C'est très dur à annoncer. Adèle s'est suicidée. Elle a sauté du haut de son immeuble. Elle n'a pas laissé de lettre. Sa famille n'a prévenu personne car ils ne connaissaient pas bien son entourage. Du coup, l'enterrement a eu lieu sans nous. J'essaye d'informer tous ses copains. Si tu as d'autres noms de gens à prévenir… Je suis désolée. »

Inutile de me préciser où Adèle avait été enterrée. Je savais qu'elle tenait plus que tout à avoir une place au Père Lachaise. Je ne sais pas comment ses proches – quels proches d'ailleurs ? – ont su cette dernière volonté, mais elle reposait bien là-bas.

Peu de jours après cette nouvelle, je m'y suis rendue accompagnée de deux autres amies du collège qui la connaissaient bien. Je n'étais pas effondrée car la présence d'Adèle ne me manquerait pas au quotidien. Mais j'étais triste, profondément triste devant un tel acte de détresse. Nous avons déambulé longtemps dans les allées du cimetière sans savoir où se cachait la tombe. Puis, j'ai aperçu de loin des petits bouquets de fleurs d'oranger posés sur une pierre. J'ai immédiatement senti que c'était sa place. Mes deux amies qui connaissaient bien mes liens particuliers avec Adèle m'ont suivie et n'ont pas été étonnées de voir que j'avais eu raison. Elles me regardaient avec reconnaissance, impressionnées autant que moi par l'intuition qui m'avait guidée dans le dédale de croix, de fleurs et de photos en noir et blanc.

L'intuition, en revanche, m'avait manqué pour déceler le désespoir qui avait poussé mon amie à s'ôter la vie. À 24 ans.

Nous sommes le 22 novembre 2019 et je n'ai pas oublié le rendez-vous. Ma tête, mon corps, mon cœur n'ont pas oublié.

Le Jardin des Plantes est triste en cette fin d'après-midi, d'un vert de sapin fatigué. Peut-être que nous avions choisi cette date dans un élan morbide ? Nous détestions novembre comme tous les enfants. Un mois sans fête. Un mois de travail et de commémorations. J'avance lentement sur le chemin de terre gelée depuis l'entrée à l'est du parc. Je passe devant la file d'attente pour le musée. Une foule épaisse se masse pour la nouvelle exposition sur les T-rex. La manif pour la protection des orangs-outans n'est plus d'actualité. Il y a toujours les sculptures colorées dans le parc. Je marche en visant l'arbre cette fois ci, pas comme il y a deux jours avec mes enfants. Je le regarde parce qu'il sait. Il sait qu'on avait dit qu'on reviendrait. Toutes ces années à l'échelle d'un arbre, ce n'est rien. Rien qu'une petite période... À cet instant, arrivée sous l'arbre, je me fige. Nous nous étions donné rendez-vous en 2019, une année qui nous paraissait appartenir à un futur presque inatteignable. Soit 24 ans plus tard. Et Adèle avait justement 24 ans lorsqu'elle s'était jetée du haut de son immeuble. Je comprends alors qu'elle avait tout calculé pour que les dates se répondent, s'arrêter de vivre à 24 ans, les fameux 24 ans de promesse entre nous à tenir. En quelques recherches dans mes mails, je vérifie facilement le jour de son décès. 22 novembre. L'information me fait vaciller. J'appuie mon dos contre l'écorce du grand chêne pour ne pas tomber.

Pierre, qui me suit à quelques mètres, inquiet de me savoir à ce rendez-vous morbide, accélère le pas pour me rejoindre. Ses mots rassurants, pragmatiques calment un moment ma détresse. « C'est une coïncidence enfin », m'assure-t-il lorsque je lui raconte.

Est-ce que Adèle voulait me signifier le rôle que j'avais joué dans ses tourments ? M'envoyer ce signe toutes ces années après pour m'expliquer son geste ? Je suis bien la personne à qui elle s'adressait, avec rage ou avec amour, il reste cette incertitude, toutes ces années après, sous cet arbre. Je me tourne vers lui, je touche son écorce à pleines paumes comme s'il pouvait tout me raconter. Sous ma peau, je sens alors une irrégularité. Avant même d'enlever mes mains, je comprends qu'il s'agit d'un message gravé. L'écriture est serrée, profonde. J'éloigne lentement mes doigts du tronc.

« Ne m'oublie pas. Ta sœur. A »

Le revoir

La porte en bois massif s'ouvre d'un coup sec sur la rue.

Il apparaît, barbe de trois jours, jean brut, polo clair. J'ai son odeur en tête, des notes bleu acier et jaune brûlé, impossibles à ressentir vraiment, toujours le souvenir prometteur d'émotions, les petites bulles éclatent, vides de parfum. J'ai son goût aussi presque sur la langue, son souffle sucré d'adolescent.

Il apparaît, irréel, descendant très vite les deux marches grises du perron, jetant un œil sur le platane taillé en rectangle devant la maison, sa silhouette si familière dorée par le petit soleil de huit heures.

Il passe sa main large dans ses cheveux un peu trop longs, des boucles devenues poivre et sel. Descend la poussette d'un geste sûr. Du trottoir d'en face, je devine son regard vert. Ses pupilles fixes impossibles à contredire. Ses ridules autour des yeux disaient déjà très jeune « Je veux des enfants ». Une pièce à l'étage est restée allumée. Dans un même temps, il sourit au bébé et presse la grande sœur de le rejoindre dehors. C'est dur de le suivre. Ses grands pas, sa détermination.

Arrivés à l'école maternelle, il embrasse sa fille un peu mécaniquement, la regarde s'éloigner, silhouette brune et rose dans l'immensité grise, semble regretter. Il consulte son smartphone rapidement. Remet un cahier aux enseignantes, ramasse le doudou blanc tombé par terre. Il reprend son chemin. Son esprit semble déjà plus léger. Il voudrait une deuxième vie pour faire plus, pour faire moins. Il me l'a assez répété.

Il s'engouffre à reculons dans le petit garage à poussettes de la crèche. Dix minutes passent. Le manque de lui est revenu, la douleur du vide. Je veux revoir le volume de son corps, sa démarche d'homme infatigable, habitué aux réveils matinaux d'une enfance à la campagne. Le revoilà seul, il marche, son casque sur les oreilles. Écoute-t-il encore son rock mélancolique ? L'air bleu ciel, la chaleur du matin grimpe. Il faut profiter de cette heure encore fraîche comme en bord de mer. Repense-t-il dans ces moments à ce paysage turquoise incrusté de soleil blanc, celui de notre rencontre ?

Une jolie jeune femme le regarde sur le quai, il ne la remarque pas. Il n'a jamais compris mes crises de jalousie. Dans le wagon, je m'assois loin de lui, il annote d'un stylo rouge et concentré des feuilles à petits carreaux. Il est trop pressé comme toujours. Mord dans une viennoiserie achetée à la hâte. Avale un café brûlant en pénétrant dans l'école. Des collègues le saluent à la grille, il répond à peine. Au moment de la recréation, il surveille la cour en lisant. Un roman russe, des contes, une nouvelle lubie littéraire ? Ses ordres claquent. Ses sourires complices rassurent.

Il ne sort pas déjeuner, ne quitte pas sa classe, la seule restée fenêtres ouvertes. Il débat avec un adulte plus âgé en agitant les bras. L'après-midi, il organise un grand jeu de ballon. L'enthousiasme des enfants adoucit ses mouvements. Sa tendresse est sortie, je la reconnais, ondée bienveillante, joie à faire oublier la faim.

À 16 h 30, c'est le dernier prof à descendre sa classe, ses élèves le devancent. Son sac trop rempli ne ferme plus. Il voudrait une deuxième vie pour faire plus, pour faire moins. Il fonce vers sa station, passe par la pharmacie, prend du temps pour acheter un petit produit au rayon des cosmétiques. Passe devant un bijoutier chinois un peu kitsch, regarde la vitrine, se ravise. Il fait une chaleur caniculaire à présent. Paris a flambé pendant qu'il travaillait. Fumée de mangue trop mûre, poulet caramélisé, gasoil brûlant. Il arrête sa course pour envoyer un texto, s'immobilise devant les tours du XIIIe, incandescentes de soir d'été.

Je le suis aussi sur le chemin du retour. Ses yeux reptile parcourent les friches industrielles à travers les vitres du train bondé. Je le frôle pour passer. Son odeur ; citron paille, crayon, océan. À quelques mètres debout derrière lui, je pourrais presque toucher la peau de son cou, crêpe brûlée par le soleil, humide et fraîche. Poser ma tête sur son dos d'aigle, l'entourer de mes bras pour sentir sa force et son indépendance. Il se retournerait, surpris de me voir. Il se fâcherait peut-être.

Je préfère attendre pour lui parler et le regarder être, encore un peu. Mon premier amour de 16 ans, grand brun bronzé, agité et fougueux, responsable et malin. Mon romantique aux mille lettres, aux cadeaux inattendus, aux discours enflammés, aux grandes envies de changement. Ma rencontre, mon rêve, mon tourment. L'observer de loin encore et encore pour tenter de comprendre quel homme il est devenu.

Son bonjour enjoué à un commerçant. La fouille de ses quatre poches d'où il ressort quantité de babioles avant de trouver sa clé. Il attrape une masse de courrier en vrac dans la boîte aux lettres. Disparaît trop vite. Je me poste près de la porte. Tente de deviner ses occupations. Colle mon oreille contre le bois. Aucun bruit. Je me fais peur. J'hésite. Et si je ne sonnais pas ? Je me décide finalement, le cœur battant comme au premier jour. J'entends ses pas dans l'escalier. La porte s'ouvre. Je le regarde bien en face. Je veux réentendre sa voix comme au premier jour. Il me demande alors :

« Mais pourquoi tu n'as pas été chercher les enfants ? »

Ça va s'éclaircir

Impossible de contredire le noir de ses pupilles. De décevoir ses gros yeux ronds où perle encore le lait de sa tendresse enfantine, malgré ses 84 ans. John était passé prendre un café chez sa fille unique Sarah ce mercredi après-midi pluvieux.

Il lui avait déclaré sans préambule « C'est bon pour la pêche en ce moment », insistant sur le « bon », haussant ses grands sourcils très arqués. Elle avait compris la demande entre les lignes « Emmène-moi dans le Morbihan ce week-end ».

Souhait que personne dans l'entourage de John, surtout pas Sarah, n'aurait osé remettre en cause. Il ne supportait aucun refus, ne pouvait même pas l'imaginer tant il était persuadé que sa vie, ses passions avaient plus d'importance que celles de tout le monde. Et le dévouement immédiat de ses proches lui donnait toujours raison. Sa joie immense était son arme de séduction et le plus beau cadeau qu'il pouvait faire. Même à une Sarah débordée, devenue adulte, prof de français et mère de deux jeunes garçons.

Impossible de résister à John, même en plein hiver. Il avait pourtant fallu organiser ce départ à la hâte, remplir le réfrigérateur et terminer le ménage le vendredi soir en rentrant de l'école. Sarah était partie chercher son père en voiture le samedi à l'aube, un peu culpabilisée de laisser son mari 48 heures sans répit avec les deux petits qu'il faudrait occuper. Tout ça pour le bon plaisir du vieil homme. Au moment de boire son café dans sa maison sombre et silencieuse de banlieue, Sarah avait griffonné un petit mot d'excuse pour résumer son sentiment, pas vraiment de colère, juste un peu d'embarras.

« Encore désolée Luc, je ne peux rien lui refuser. Passez un bon week-end entre garçons. Vous serez mieux ici. Il va faire très froid. Je vous ramènerai des crêpes. Bisous à tous les trois. Je t'appelle. Sarah »

Et Luc avait compris. Il connaissait la force de ce lien entre Sarah et John. Il mettait aussi un point d'honneur à respecter la liberté de chacun dans le couple. Il avait donc réagi avec simplicité à cette annonce et son « pas de problème » disait en filigrane « tout ira bien ici avec les enfants et je serai heureux dimanche soir de te retrouver les joues rosies par l'océan ».

Après les cinq heures de route, père et fille avaient mangé dans la maison en pierres encore fraîche et humide de la longue absence. Salle à manger ovale dans le prolongement du salon. Vue sur mer accrochée partout comme un tableau de maître, dont on se sent presque coupable de pouvoir le regarder trop souvent, dont on ne veut pas qu'il devienne la toile d'un fond d'un quotidien qui ne serait décidément pas à la hauteur. Même si aujourd'hui il s'agissait d'une mer grise, une mer nue de février, sans ses apparats de vacances, bijoux voiliers et reflets de soleil.

Le menu se constituait d'une baguette à l'ancienne réchauffée au four que John avait pris soin de ramener de chez lui encore congelée. Des rillettes de maquereau à la moutarde, ses préférées. Deux espressos bien serrés, il en laissait toujours des réserves dans un placard. Du chocolat noir, celui aux amandes, déniché dans la station-service « au cas où ». Sarah ne pouvait pas s'empêcher de sourire en voyant son père dévorer ce qu'il appelait un « déjeuner sur le pouce » dont chaque ingrédient avait pourtant été choisi avec une rare exigence. Non sans avoir aspergé de moutarde la nappe brodée, John avait ensuite quitté la table pour s'occuper de son matériel de pêche dans le garage attenant à la maison.

Elle l'avait regardé préparer la partie de pêche, en se délectant de revivre cette scène, gravée dans sa mémoire, un de ses plus précieux souvenirs d'enfant. Assise sur un tabouret pliant de plage, elle s'emmitouflait dans le châle doux de sa mère, légère odeur de tilleul fleuri encore présente et scrutait les gestes de son père dans cette semi-obscurité, la lumière tamisée des coulisses de leurs étés adorés. John, avant sa retraite, était un chirurgien de grande renommée. Sa maladresse au quotidien n'avait d'égale que sa minutie professionnelle. Et lorsqu'il préparait ses lignes et ses appâts, on eut dit qu'il portait encore sa blouse verte. Lunettes carrées posées sur le bout du nez. Ongles toujours courts. Il faisait des nœuds minuscules, enfilait des émerillons en clignant d'un œil, vérifiait que ses leurres n'étaient pas rouillés, montait ses cannes, visait pour vérifier l'alignement des anneaux, ouvrait sa boîte de pêche rongée par le sel pour recompter ses plombs, emboîtait ses seaux cabossés les uns dans les autres, le plus grand, le rouge tout en dessous. Sans oublier de glisser dans un vieux sac en toile la tablette de chocolat entamée, son couteau suisse et deux bières brunes. Sarah ne parlait pas. Son père n'aurait pas répondu. Il ne savait pas expliquer ses techniques. La seule chance d'apprendre consistait à le regarder agir avec le plus d'attention possible. La seule chance de ressentir de la complicité consistait à rester discrète. Il fallait devenir son ombre. Une position qu'elle aimait prendre de temps en temps pour se reposer d'elle-même.

Avant de partir au port, John avait regardé la mer, silencieux, lèvres fermées, le regard au loin, l'air de dire « tu es belle je te connais ». Mais il n'avait pas parlé de la couleur du ciel ou de la puissance du paysage.

« Regarde-moi ça. C'est pas vrai. Regarde. Non mais regarde tous ces oiseaux ! » Il en sifflait de contentement.

Chasse d'oiseaux signifiait banc de poissons. Et banc de poissons signifiait potentiellement, euphorie.

« Ah oui, c'est vrai ! Mais je vois surtout une mer qui s'agite. On a dit qu'on pêcherait plutôt demain. Le temps de vérifier le bateau, de prendre de l'essence, il fera presque nuit ! Et il y a un vent de folie papa ! »

« Je vais au moins aller tout préparer maintenant. Comme ça demain, première heure, marée montante, on y est. »

« Si on ne meurt pas de froid ! T'as vu le thermomètre ? Il fait 2°C ! »

« Ça va s'éclaircir. Ça se voit. C'est pas des blagues. Tu peux me croire, ça s'éclaircit toujours. »

Pour me le prouver, il avait montré le ciel au-dessus des pins vers la pointe Nord de la plage. Il y avait une tache claire si on regardait bien. C'était sa phrase favorite ici « Ça va s'éclaircir ». C'est vrai que souvent le soleil éclatait en fin de journée comme une récompense à ceux qui avaient cru en l'astre ou en John lui-même. Mais de là à prédire une météo clémente. Sarah pariait même pour de la neige. Le silence dehors était dense, la brume d'un blanc inhabituel.

John était sorti sur la terrasse sans mettre son blouson. Il s'était allumé une cigarette et la fumait distraitement en regardant la mer, arrangeant son petit « jardin de curé » comme il disait. Du pied, il chassait des feuilles sur les pavés. De la main, il arrachait des branches cassées le long des haies. Sarah savait qu'il fumait pour oublier. Le temps qui passe. Les regrets. Les lendemains qui lui faisaient peur. Seul. Ou trop mal accompagné. Toute sa vie, il avait fumé comme un dingue. À chaque bonne nouvelle, il s'en grillait une. Se tapait sur les cuisses. Servait des verres à ses amis. À chaque douleur, il s'accrochait à son tabac, avec la mine d'un enfant chaviré de chagrin. Du coup, tout le monde lui pardonnait son addiction qui semblait tant l'aider à jouir de la vie et à en accepter les désastres. Personne ne pouvait l'en défaire. Cette incapacité des autres à l'aider rejaillissait sur lui, lui prouvait à quel point il ne pouvait pas s'arrêter de fumer. Il était pris au piège par sa capacité à convaincre les autres. Emmuré dans sa détresse.

Sarah se reconnaissait en lui parfois, les tourments qui rongent, les excès qui enivrent et aurait voulu tendre sa main vers lui, prendre son père dans ses bras, le serrer très fort comme cela était arrivé trop rarement pour la naissance de ses fils ou le décès de sa mère il y avait dix ans maintenant. Elle aurait voulu masser son dos plein de noueuses contradictions, caresser sa joue piquante et ses courts cheveux doux couleur poivre et sel. Elle aurait voulu lui dire « Rends-toi papa, lâche tout, désarme, abandonne la lutte ». Et qu'il accepte enfin de vieillir, qu'il se pardonne ses égoïsmes, sa quête de toujours plus de pouvoir, d'argent, de séduction, qu'il se détende, ne cherche plus à prouver sa force à personne. Mais c'était impossible. Et tout ce silence – tabou, gêne, obstacle, montagne – transformait les instants passés ensemble, leur ôtait leur vraisemblance, enfouissait les émotions, devenues invisibles et finalement insaisissables, indestructibles, flamboyantes, magnifiques de secret.

Comme s'il l'entendait réfléchir, John rentra dans la maison, agrippa rapidement le bras de sa fille pour l'embrasser sur la joue. Il lui fit son sourire de gosse bien large avec les yeux plissés.

« Bon, j'y vais, à tout à l'heure. Repose-toi hein, avec les enfants et le boulot, tu dois être crevée, ma pauvre, je te fais faire tout ce trajet en plus. Bah t'es pas mal en même temps face à la mer ? C'est le rêve ici, profite ma fille… »

Et il secouait la tête en levant les yeux au ciel, reconnaissant de sa propre réussite autant que de la beauté du monde, la poésie des océans.

Avant de s'en aller, il chercha longtemps ses clés, ouvrit et ferma le réfrigérateur, passa quelques minutes dans sa chambre à l'étage puis ouvrit la porte d'entrée pour de bon. Sur le seuil, il déclara presque en criant « Et n'oublie pas de cuire les pommes de terre à l'avance ! Oh, je sais, je te parle comme à ta mère. » Sarah lui répondit un peu moqueuse : « Oui, oui ça va, ne me prends pas pour une gamine. Et fais attention à toi sur la route. »

Et Sarah rangea la table, prenant le tablier jauni et la place de sa maman, docile, amusée, émue. Les larmes montaient encore facilement à son souvenir. Mais aujourd'hui, les images du passé ne gâchaient pas le sentiment de légèreté. Finalement, ce week-end lui laissait du temps pour respirer loin de son quotidien. John avait encore eu raison. Elle se regardait dans le miroir ovale accroché dans le couloir : ses yeux sombres, ses rides plutôt joyeuses, ses cheveux ondulés sur ses épaules encore élégantes. Elle se sentait bien dans son vieux jean avec ses bottes de pluie et son grand pull gris. Elle se sentait bien d'avoir conduit cinq cents kilomètres, garé, vidé la voiture presque seule. D'avoir pris les choses en main. Les chauffages à allumer, les volets à ouvrir. John avait ce pouvoir : lui donner de la force. Une force d'homme. De marin. Sel, brume, broussaille : dès la première inspiration en sortant de la voiture, Sarah s'était remplie d'une énergie nouvelle. À y réfléchir, son père n'était pas si compliqué à vivre. Bien sûr, il lui avait cassé les pieds avec le repas de ce soir à prévoir. Ses entrecôtes surgelées qu'il trimballait dans sa valise parce que « si on n'a pas le temps de pêcher un bar ce soir, il n'y aura plus rien de correct dans le rayon boucherie ». Un petit fenouil qui servirait soit pour le poisson, soit en entrée avec un peu de piment d'Espelette. John adorait ça. Et les fameuses patates. Elle avait dû s'arrêter sur la route pour acheter des pommes de terre dans une grande ferme aux allures de château. « Gare-toi, on va en prendre un petit kilo ». John n'avait même pas daigné argumenter sur la qualité des produits de la ferme comparée à celle du supermarché. Tout était entendu. Sous-entendu entre eux. Sa fille savait. Et même si elle n'avait pas su, il comptait sur la saveur du dîner pour la convaincre du bien-fondé de ses obsessions.

Après avoir lu deux bonnes heures, pelotonnée dans le canapé près de la cheminée, face à la baie vitrée du salon, Sarah commençait à s'inquiéter. Son père ne répondait pas au téléphone. 17 heures. Il aurait dû être rentré depuis un moment maintenant. Son aller-retour ne devait pas prendre plus d'une heure. Sarah craignait un peu l'accident de voiture même si le port de plaisance se situait seulement à trois kilomètres. Son père n'avait aucune conscience de ses réflexes plus lents. Elle acceptait qu'il conduise pour les trajets très courts. C'était le compromis qu'ils avaient convenu ensemble depuis quelques mois et son père s'y tenait. Étonnamment raisonnable. Il possédait ce don-là. Celui d'être tout d'un coup celui qu'on n'attend pas. Comme ce matin dans la voiture où il était devenu loquace, complice.

« Je ne me vois pas vieillir. C'est drôle. Tous les gens autour de moi sont des vieillards. Mais moi non ! » lui avait-il confié en riant de ses propres pensées pendant le voyage. Sarah savait qu'il le disait pour s'en convaincre lui-même tant son père supportait mal sa retraite et sa vie de vieux célibataire de plus en plus courbé.

Ils avaient beaucoup parlé des garçons, de leurs caractères, l'aîné très studieux qui passait son temps à lire et dessiner, le cadet beaucoup plus remuant, passionné par les animaux. Ils avaient aussi évoqué la mère de Sarah et sa douceur inégalable, l'enfance de John en Algérie, les amis des uns et des autres, l'actualité, les débats sur la médecine et l'éducation. Tout avait été abordé dans le détail. Ils étaient presque toujours d'accord. Heureux de partager leurs grandes et leurs petites idées à l'abri des jugements des autres. En voiture, la discussion entre eux coulait, presque fluide. Leurs regards tout deux parallèles à la route, les protégeaient chacun de l'autre, sauvés de justesse par l'étroitesse de leurs champs de vision. Aucun des deux n'aurait enfreint la règle de tourner la tête vers l'autre. Un seul coup d'œil aurait pu compromettre l'intimité de l'habitacle. Même en cas de confidence grave ou de fou rire, il ne fallait pas briser l'instant, le flux sacré qui circulait alors entre eux.

Ils avaient écouté de la musique. La playlist de Sarah égrenait les mélodies d'une vie en grande partie partagée. Les Beatles de son père étaient devenus les siens. Des tubes électro de l'adolescence de Sarah avaient fait danser ses parents encore jeunes. Puis d'autres pépites, classiques de la chanson française repris par des groupes trente ans plus tard. Des musiques tziganes. Des morceaux de Mozart. Des titres de pop qui rappelaient d'autres trajets en Bretagne, il y a dix ans, il y a vingt ans, il y a trente ans. La campagne avait pris le goût de l'océan, petit à petit. Jusqu'à devenir bleue. John n'avait pas pu s'empêcher de jouer à son jeu favori avant d'arriver : « Le premier qui voit la mer a gagné ! ». Et il avait gagné. Juste après le petit village, derrière les arbres au loin, il avait crié comme un gosse « Là je l'ai vue ! J'ai gagné ! ». Sarah avait rigolé. Son père avait raison, il ne serait jamais un vieillard.

Tout de même, ce retard inquiétait de plus en plus Sarah. John avait dû faire un détour par le magasin de pêche. Ou rencontrer une vieille connaissance sur le ponton. Ou se mettre en tête un achat urgent, du bois, des coques pour tenter sa chance demain à la dorade, peut-être une nouvelle moutarde pour la viande de ce soir. Ou pire, vues les conditions météo, céder à l'ultime tentation du « coup de pêche » ! Sarah l'imaginait sans mal trouver le bon coin grâce aux oiseaux, lancer, ramener, lancer, ramener, le vent qui gonfle le ciré, l'eau salée qui pique le dessus des mains et les lèvres, faire attention à ne pas accrocher une mouette au passage. Lancer, ramener, lancer. Sentir une petite résistance, un frémissement sec. Peut-être une touche. Non, ramener plus vite. Déplacer le bateau pour se remettre dans le courant et dériver encore un quart d'heure dans le sillage des poissons, en surveillant la sonde pour ne pas s'accrocher dans les fonds, heurter des rochers ou casser une ligne. Toute cette agitation pour tenter de pêcher un bar, un grand de préférence, ce trésor argenté aux yeux noirs comme des billes. Elle connaissait exactement ces moments en mer pour les avoir vécus souvent elle-même. Regarder la côte, roche, mousse, maisons, barques, subrepticement. Puis le large, plus longuement. L'eau noire, opaque comme du goudron. Les îles au loin. Promesse d'éternité. Le ciel infini. Ne pas savoir quel camp choisir. Recommencer à lancer. Plein d'espoir.

Sarah essayait de freiner le cours de ses pensées, de se détendre, de tirer profit de ce temps d'oisiveté que lui offrait son père. Elle ne pouvait pas toujours être près de lui à le sommer d'être sage. Il ne l'était pas. Il ne l'avait jamais été. Avec sa mère, avec elle, avec ses amis, avec tous les gens qui avaient croisé sa route. Elle prit un magazine de l'été dernier dans le panier pour ne plus regarder le ciel s'épaissir. Au bout d'une demi-heure, elle eut une impression étrange. Comme dans la voiture ce matin, elle refusait de changer la direction de son regard, fixait les pages glacées, de peur de briser la quiétude. Elle écouta alors le silence pour comprendre ce qu'elle avait déjà pressenti, la lueur silencieuse du froid qui engourdit l'univers, renverse le décor. Elle leva la tête. Une neige épaisse et fondue glissait sur la baie-vitrée. Le soleil déjà couchant rougeoyait, l'air de dire « désolé, je brillerai peut-être demain ? ». Sarah se leva pour mieux voir l'effet des flocons sur la mer. On ne discernait rien de spécial. Seulement une obscurité humide battue par un vent glacial et des moutons denses, tachetant la mer de ridules tristes. Ça n'allait pas s'éclaircir.

Portable. Une fois. Message « Tu dois rentrer maintenant papa. Donne-moi des nouvelles ». Deux fois. Pas de message. Trois fois. Quatre fois. Pas de réponse.

Appeler Luc.

« Allo Luc ? Non ça ne va pas du tout. Il neige, il fait presque nuit. Mon père devait juste vérifier le bateau mais il avait tellement envie des oiseaux et des bars, j'ai peur qu'il soit parti seul en mer. Il ne répond pas. Il ne répond pas, Luc ! ».

« Appelle les secours Sarah. Non, moi j'appelle les secours je vais trouver le numéro plus vite que toi, tu as très peu de réseau. Reste calme et surveille ton téléphone. Il pêche dans quel coin ? Quels sont le nom et la marque du bateau déjà ? ».

« Je ne sais pas, ça doit être écrit sur les papiers du bateau, tu as sûrement un double, je ne sais pas, Luc. Il va vers le large, vers le rocher de je ne sais plus quoi. » Sarah devait crier pour se faire entendre. Les larmes étouffaient sa voix.

Après avoir raccroché, elle attisa le feu dans la cheminée en tremblant. Elle ne pouvait pas sauver John elle-même en pleine mer. Elle avait une confiance illimitée en Luc. Son aplomb pour parler aux secouristes. Elle avait peur. Une peur douloureuse, anesthésiante. Comme lorsqu'un de ses garçons se blessait à quelques mètres d'elle dans le jardin et qu'elle n'arrivait pas à bouger de peur de constater l'ampleur des dégâts.

Et si son père n'avait pas pris le bateau ? Elle décida de le chercher sur la route et si elle ne le trouvait pas, elle irait jusqu'au ponton. Elle enfila ses baskets, claqua la porte et se mit à courir. La neige s'accrochait à ses cils, mouchetait le paysage, brouillant l'espoir de retrouver John vivant, lui rappelant la folie de son entreprise. Elle ne faisait pas un jogging un samedi soir d'hiver. Elle cherchait son vieux père dans la nuit, sous la neige.

Rien. Pas d'accident sur les ronds-points. Pas de voiture en panne sur le bord de la route. Toujours pas de message. Un texto de Luc. « Les pompiers le recherchent en mer. Reste calme. Je suis là. Émoticône cœur. »

Le port de plaisance était presque désert. Le sol glissant de neige boueuse. C'était une sorte de grêle qui zébrait désormais les faisceaux de lumière des rares boutiques encore ouvertes. Sarah arriva en courant sur le ponton K. Elle dévala le petit escalier en repensant à toutes les autres fois « Sarah, ne cours pas sur le ponton ! ». Les souvenirs se pointaient avec leur gueule de mauvais pressentiment. Personne. Le bateau de John n'était plus amarré. Sarah regarda la place vide, le rectangle d'eau vert caoutchouc. Les petits ronds partout, irréguliers, causés par les flocons lui faisaient penser à des bancs de poissons agonisant. À une marre grouillante.

Puis de la lumière. Beaucoup de lumière. Bleu, orange, presque chaude. Le bateau des secours remorquait celui de son père à l'entrée du port. Sarah leva les bras pour que les sauveteurs s'approchent d'elle, de la place vide. Fin de la solitude. Début du drame. Aucun vieux pêcheur sur le pont du bateau n'agitait la main en fumant ou en montrant sa bière en signe d'excuse. Sarah comprit tout cela en même temps. Elle le digéra en soufflant sur ses mains trempées. Elle le digéra en lissant ses cheveux derrière ses oreilles, en passant d'un pied sur l'autre pour se sentir vivante, en levant son menton vers les lumières qui dansaient. Peut-être que la lumière peut aider à sécher. Peut-être un peu.

Les pompiers étaient trois. Ils descendirent avec souplesse sur le quai. Le plus petit d'entre eux posa une couverture sur les épaules de Sarah dont le regard ne l'interrogea que pour la forme. « Je suis désolé, nous n'avons pas retrouvé votre père. Seulement le bateau. Mais une équipe est encore sur place pour tenter de continuer des recherches. »

Il était 18 h 30, elle n'avait plus aucun espoir. Sarah acquiesça, remercia puis questionna la gorge sèche.

— « Il y a eu un accident de bateau ? Que s'est-il passé ? »

— « A priori non, si ce n'est que le bateau a dérivé au large comme si votre père avait coupé le moteur. Il n'y a aucune trace de souci technique ou de blessure. Il a dû tomber à l'eau. On ne voit que ça. Un accident. Peut-être un problème cardiaque ? »

Sarah encaissa, la peur se dissipa laissant place à la colère, l'incompréhension. Elle reniflait en parlant, s'essuyait sous le nez d'un revers de manche mouillée.

— « Peut-être oui, je ne sais pas, c'est bizarre, il n'a jamais eu de souci de santé mais oui ça peut arriver à son âge je suppose. Je peux monter dans le bateau pour voir ? ».

— « Non, je suis désolée Madame, une enquête va être ouverte, c'est la procédure. »

— « Alors, je peux récupérer ses affaires, au moins son matériel de pêche ? »

Elle ne pouvait pas se résoudre à rentrer les mains vides.

Regards attendris et solidaires entre les trois hommes.

— « Ce n'est pas autorisé normalement… Suivez mes collègues on va vous ramener chez vous, on est garés juste là sur le port. »

Assise à l'arrière, Sarah attendit le matériel le cœur battant comme s'il pouvait renfermer le début d'une explication, une consolation. Elle fut soulagée de pouvoir enfin poser sa main sur le rebord usé du seau rouge et y découvrit un bar énorme enroulé sur lui-même, comme un serpent. Belle prise. Fierté. Douleur.

Les pompiers la réconfortèrent de leurs yeux protecteurs et d'une couverture plus grande. Elle les encouragea à la laisser seule chez elle maintenant. « Ça va aller merci, j'ai votre numéro si besoin. Je vous appelle demain. »

Elle balança ses chaussures dans l'entrée et déposa tout dans le garage. Les cannes à pêche encore montées bien droites sur le sol dans l'angle de la pièce. Le sac en toile humide et la boîte de pêche mal fermée sur l'étagère. Puis posa le seau dans la cuisine.

Sans réfléchir à demain, à l'annonce, au corps, aux larmes, sans répondre aux appels de Luc, elle entreprit d'éplucher les pommes de terre une par une pour les mettre bien vite à bouillir dans de l'eau salée.

C'était la dernière action dont John avait parlé. Et Sarah s'y accrochait comme une démente. Cuire les pommes de terre. Pour lui faire plaisir. Pour comprendre son cheminement peut-être ?

Elle prépara aussi la casserole pour les faire ensuite rissoler dans le beurre. La voix de John la guidait dans ses gestes « Bien caramélisées, elles ont un goût de noisette. T'as du citron vert pour le poisson ? C'est mieux le vert ».

Elle plongea ses mains dans le seau pour récupérer le poisson gluant et le poser sur la planche. Un bar de près de 50 centimètres, magnifique. Son parfum sauvage ne la gênait pas. Au contraire. Il lui rappelait l'été. Elle chercha le couteau qui servait à préparer le poisson. Mais en le plaçant sur la tranche, elle s'aperçut que John s'était déjà donné la peine de le vider pour épargner à sa fille cette tâche ingrate.

Le bar était fin prêt pour elle. Il avait pris la peine de le préparer dans le froid, directement sur le pont du bateau. Comme s'il savait qu'il ne rentrerait pas. Elle commença à comprendre. Ce désir soudain de venir ici, les paroles dans la voiture, l'envie de musiques, le repas en tête-à-tête, l'émotion des oiseaux au-dessus de l'eau, les pommes de terre si importantes, le baiser furtif, le sourire de môme, les allées et venues avant de partir de la maison pour cette sortie déraisonnable en mer.

Elle monta les escaliers en courant, ouvrit la porte de la chambre et découvrit le petit mot posé sur la taie d'oreiller, l'écriture penchée, noire, élégante, à la hâte, celle des ordonnances de tous les jours « N'oublie pas de mettre un peu de fenouil pour donner du goût ! Papa » Elle s'accrocha au point d'exclamation et au P majuscule.

Entre les deux, pile dans l'espace, toute la tendresse de son père.

Elle imagina John et son bar luisant dans l'océan noir et les paillettes de neige tout autour. L'objectif atteint. La joie solaire. L'abandon. Enfin. Tirer les rideaux. S'arrêter de vieillir, de perdre. Transmettre le flambeau aussi. « Au revoir Messieurs-Dames, vous pouvez circuler, il n'y a plus rien à voir » aurait dit John de cette scène d'adieu.

Elle redescendit en cuisine. Fixa un instant les yeux du poisson, du trésor, du dîner savamment orchestré. Et caressa du dos de la main ses flancs d'écaille encore chauds d'un combat sans vainqueur.

Son père lui manquait déjà, sa disparition allait creuser un vide effroyable. Elle le sentait dans sa chair. Elle avait l'impression qu'elle allait s'écrouler. Puis elle choisit la « meilleure huile d'olive du monde » selon John, se cramponna à la bouteille qu'elle versa sur la peau du poisson, jeta du gros sel, des petits bâtons de fenouil autour et glissa le plat au four. Il ne neigeait plus lorsque Sarah goûta son plat. La saveur iodée convoqua les larmes. Demain matin à la première heure, marée montante, elle sortirait pêcher en suivant les oiseaux. Elle savait que le ciel finirait par s'éclaircir.

La bataille

C'est l'heure de la bataille. Les rayons du soleil font danser la poussière. J'ai trop chaud mais c'est provisoire. L'ombre arrivera et comme toi, j'aurai bien vite besoin d'un gros gilet de laine supplémentaire pour supporter le froid.

Je t'ai attendu longtemps. Si longtemps. Tu ne viens pas souvent nous voir. Juste ce qu'il faut pour nous prouver que tu nous aimes encore. Avec toi, l'amour est dense, bleu mer du Nord comme tes yeux qui me regardent lorsque tu mélanges les cartes.

Je me cale bien sur mes fesses, en tailleur, peut-être en demi-tailleur, une jambe en collant de laine qui se balance le long du canapé.

C'est sans doute mon moment préféré. Celui où je contemple tes longues mains fines qui battent le jeu de cartes imprimées de motifs rouges. Agile, malin, tu les fais défiler dans un petit vent, un petit souffle de cow-boy. Tu les emboîtes avec souplesse les unes dans les autres. Je suis chargée de couper.

Il y a ta bague noire qui en rajoute un peu. Une chevalière imposante dont je ne connais pas l'histoire. Ou seulement ce que tu veux bien en dire. « Reste sage ou j'appelle le petit bonhomme qui vit à l'intérieur… »

C'est l'heure de la bataille. J'ai trop mangé, je n'ai pas bu assez d'eau, je suis l'enfant roi qui attend encore une autre source de plaisir. Je suis la petite fille du cow-boy. Alors moi aussi je fais la maligne avec mes yeux noirs au-dessus de mon éventail de cartes.

« T'as pas le droit de les regarder, c'est pas vrai, dit ! », tu me rappelles avec ton accent d'à peine, ton accent à toi, ton pays à toi, dans le souffle de la voix, à peine.

En posant ma carte, je frôle parfois ta peau froide et douce, tes veines d'homme trop sensible pour être si grand, pour fumer tant.

Ça enchaîne. Les sept qui se dégonflent à côté des neuf, les reines qui ramassent des valets et les as qui ricanent en chipant tout ce qui passe. Ça enchaîne comme des passants pressés, comme des petits chevaux qui tournent sur un vieux jeu électrique. Clac. Clac. Clac. Le clac étouffé des cartes qu'on pose tour à tour sur le canapé. Tu m'en prends beaucoup aujourd'hui. Je suis bientôt à sec. Ça te fait rigoler comme un môme. Tu te tapes les cuisses en disant « tu perds ta culotte ». L'expression me fait tellement rire que je rêve de pouvoir te la dire mais je n'oserais pas.

C'est bizarre, incongru ce jeu de chance, de bêtise, sans stratégie, sans réflexion entre un vieil homme chic en chemise et pantalon raides et une gamine à queue de cheval en chaussons. C'est notre truc à nous, notre truc inclassable que personne n'a pris en photo pour s'en vanter, à part moi dans ma tête. On n'est pas dans un bar. On n'est pas dans un film. On est dans la vraie vie qui passe trop vite. La fumée de gitane, bleu clair, comme ta chemise, comme le paquet, comme le ciel dehors dans le jardin immobile, la fumée bleue dans ma tête s'échappe toujours de tes lèvres minces.

On parle peu, juste pour dire « aïe aïe aïe tu vas perdre », « niark niark niark je vais gagner ». Le summum du rituel c'est évidemment lorsqu'on sort les deux mêmes cartes au même moment. On crie « bataille ! » comme des dingues. Et je peux voir dans ta posture que tu flippes aussi à l'idée de perdre un as ou un roi dans le tas. Je peux voir dans ta manière de dandy de remettre tes cheveux fins et argentés, aussi doux que ceux d'un bébé, voir dans ton geste rapide de les plaquer parce qu'ils commençaient à partir dans tous les sens, et aussi dans ta peau qui rougit légèrement, la peau de tes joues un peu veinées de sang myrtille, un peu rugueuse de vieux Monsieur, je peux voir ton excitation de gagner.

Le jeu s'éternise, c'est le principe du hasard, il n'a jamais fini de sévir. Je remonte avec trois cartes. Tu risques plusieurs fois de perdre tes meilleurs atouts. Le soleil a décliné depuis longtemps. L'heure de la sieste est derrière nous, j'aurai bientôt faim d'un goûter. Je sais qu'on va devoir s'arrêter, que tu n'es pas ici seulement pour moi et qu'à ton âge, la bataille pour rien, sans rien, avec une petite fille de rien, ça peut pas durer. Je sais qu'à ton âge, rien ne peut durer. Je me souviens pas la dernière fois la dernière carte que tu as posée. Si je t'ai battu à plates coutures en sautant sur le tapis ou si c'est toi qui a soupiré en riant et en regroupant toutes les cartes dans ta grande main rose avant de te rallumer un clope. Je ne me souviens pas qui a gagné la dernière fois. Juste qu'il n'y a pas eu de revanche. Un matin, ma grand-mère a appelé, un matin tôt, un matin de vendredi, de collège, pas un matin de bataille, de week-end, de vacances. C'était si anormal. Elle a dit d'une voix ferme et douce « passe-moi maman ». Ton cœur s'était arrêté de fonctionner. D'ailleurs en tombant, ta montre aussi. Elle indiquait l'heure de ta mort. Fin de la partie. Début de mon premier grand chagrin.

Trente ans plus tard, j'ai pris le train pour la Belgique. Avec mon fils de 9 ans. Je voulais lui montrer ton pays, les briques rouges, les yeux clairs, les pralines fondantes qui apaisent les sanglots. Dès que le paysage est devenu vert (c'était le repère que j'avais donné), on pouvait faire un jeu ensemble. Il m'a dit alors, malin « je suis sûr que tu vas adorer mon idée de jeu maman ». Il savait qu'il ne fallait pas me proposer n'importe quoi. Il a alors sorti de son sac à dos un paquet de cartes rouges reliées par un élastique tout sec. J'avais gardé pratiquement tous mes jouets et il en ramenait de temps en temps de la maison de mon enfance. « C'était bien à toi quand t'étais petite, non ? » J'ai acquiescé, surprise, émue. Il a battu les cartes vivement de ses mains brunes et potelées. J'ai déplié la tablette du siège devant moi. J'ai dit « Ok on joue mais c'est moi qui coupe ». Puis, il a distribué, concentré. Serrant mon jeu dans ma paume, j'ai pensé à mon grand-père, en me disant, ça serait vraiment superbe que je sorte une belle carte. Comme un signe. Comme un hommage. Mais j'ai sorti un deux. Un deux de pique. Mon fils a éclaté de rire avant de poser sa carte. Roi de cœur.

Grâce à Dieu

En entrant dans la salle d'attente, je perçois tout de suite une présence étrange. Mélange d'impressions visuelles et olfactives, une tenue vestimentaire très sombre dans mon champ de vision et une légère odeur de naphtaline reconnaissable entre mille. La naphtaline que mettait mon père dans son talith pour éviter qu'il ne se fasse bouffer par les mites. Il ne priait qu'une fois par an, « juif du Kippour » comme disent les plus fervents.

Je sens mon pouls s'accélérer, il y a bien un religieux parmi les patients qui m'attendent. La perspective de l'approcher, de lui parler, de le soigner peut-être, tout ceci provoque des extrasystoles d'excitation dans ma gorge. Un peu de haine aussi. Une haine que je peine à dissimuler et qui me fait honte. Je ne peux pas décemment détester un homme de foi, juste parce qu'il porte des papillotes et un chapeau mou, juste parce qu'il est juif. Moi, dont le nez arqué, le corps trapu et le nom de famille ne laissent aucune chance au doute. Je ne peux pas être juif et antisémite.

Alors je décide de n'être qu'un médecin. Un médecin avec un patient. Cela fait baisser mon rythme cardiaque. « Monsieur Lévy ? »

Je contiens tout de même mon excitation, mélange de colère et de désir de vengeance, au moment où le bonhomme, petit, rond, âgé, s'approche de moi. Il m'exaspère en tout point. Sa démarche hésitante, sa mallette qui renferme on ne sait quel trésor d'Égypte. Sa barbe mal taillée. Sa nonchalance et en même temps la supériorité qu'il pense tirer de son statut.

Je marche d'un pas rapide vers mon cabinet, pour le semer autant que possible alors qu'il me suit de ses mocassins grisâtres et démodés. Je sens son regard dans mon dos. Inquisiteur. Je m'assoie à mon bureau, face à lui et lui pose les questions d'usage. Au fil de l'entretien, je perds de plus en plus confiance en moi, redevenant le petit garçon d'autrefois. Sérieux, bon, profondément honnête avec lui-même, à tel point que la religion lui semblait parfois trop facile pour assurer le salut de l'âme.

« Pourquoi venez-vous me voir, Monsieur Lévy ? »

Je garde les yeux sur l'ordinateur pour éviter de croiser son regard terne cerclé de lunettes sales.

« J'ai une douleur dans la poitrine et ma femme s'inquiète. Moi je sais que je n'ai rien, Dieu me protège. »

« Douleur dans la poitrine et pas d'autre signe ? Maux de têtes, nausées ? »

« Non, sauf le jour de Kippour avec le jeûne ! Enfin, vous devez connaître ça, Docteur. »

Ça y est. La connivence. L'allusion à notre culture commune. Elle devait arriver rapidement pour donner à Monsieur Lévy toute la place qu'il désire occuper. Avec un autre médecin, il serait resté un patient ordinaire. Avec moi, il peut jouer les superhéros qui tutoient le ciel. Je pense à tout ça en notant l'absence d'antécédents, d'autres signes cardiaques. J'y pense en me disant, nom de Dieu, quelle arrogance ! Ce petit clin d'œil qui dit « nous seuls savons comme c'est dur de jeûner une journée ». Tu parles ! Sauter un petit déj' et un repas, je l'ai fait des centaines de fois sans prier d'un air grave avec la mine maladive de tous ces pratiquants fiers de leur sacrifice. Je l'ai fait à l'hosto sans même voir les heures passer. Ou sentir l'envie de pisser.

Je me sens quand même obligé de répondre, la politesse prenant toujours le dessus sur ma colère.

« Bien sûr M. Lévy mais je ne parlais pas de ça. D'ailleurs, je ne suis pas pratiquant ! »

À ces mots, l'homme se frotte la barbe en faisant non de la tête. Je peux sentir l'odeur de sa barbe, de ses cheveux légèrement gras. Je regrette immédiatement ma dernière phrase.

Le déshabillage du bonhomme prend du temps, beaucoup de temps. Une chaussure après l'autre comme si ses pompes étaient sacrées, elles aussi. Le costume froissé qu'il plie maladroitement sur le rebord de la chaise. La chemise blanche à déboutonner. Il se retrouve en slip-marcel-chaussettes. Tout en blanc. Il est presque vintage, mon rabbin. Avec sa barbe et ses dessous 100 % coton. J'ai le temps de me désinfecter les mains soigneusement, de regarder mes mails et mon téléphone, un message de ma femme, « tu vas bien chercher le petit au piano ce soir ? ». J'ai envie d'envoyer un SMS à mon frère pour lui dire « tu sais pas qui j'ai en slip en face de moi ? ».

La tension de Monsieur Lévy est impeccable. La nouvelle ne lui fait pas desserrer les lèvres qu'il tient pincées depuis ma petite confession. J'écoute son cœur. Je ne peux pas m'empêcher de croire que je vais entendre un son particulier, un souffle divin. Ma croyance d'enfant me rattrape encore. Naïveté, douce poésie de la religion. Et si Monsieur Lévy communiquait vraiment avec Dieu ? J'y pense en lui demandant d'inspirer, d'expirer. Je passe mon stéthoscope sur son corps poilu et blanc. Il ne prend jamais le soleil. Je le plains maintenant. J'imagine sa femme qui porte peut-être une perruque. En tout cas, elle ne peut pas avoir la lingerie rouge que portait ma femme hier.

« Alors Docteur ? Je n'ai rien ? »

« Rien de spécial », je ris intérieurement de ma réponse.

« Mais alors, je fais quoi pour la douleur ? »

« Vous êtes angoissé en ce moment, Monsieur Lévy ? »

Il me sourit.

« Pas du tout, jamais. À quoi bon s'angoisser, nous ne pouvons rien à la vie Docteur ! Dieu décide de tout. »

« Je vais vous faire un électrocardiogramme par précaution. »

Encore une fois, je m'attends à voir des étoiles de David sur le graphique.

Quelques anomalies mais rien de probant.

Je lui redemande si ses maux de tête sont fréquents.

« J'en ai un peu tous les matins, lorsque je fais la prière des tefilines. En fait, ça ne me quitte pas vraiment de la journée mais c'est normal, je passe mon temps à étudier », il me raconte sérieusement. « Et je vous préviens, je ne veux pas prendre de cachets. Il y a de la graisse de porc dans l'enrobage des gélules. »

Je l'imagine dans ce brouillard de souffrance qu'il accepte sans broncher. Ces prières scandées dans la pénombre d'une chambre austère ou d'une synagogue vide. Il me fait de nouveau de la peine. Sa solitude. C'est peut-être pour ça qu'il prend des grands airs, qu'il cherche des juifs partout où il passe. Pour rester un rabbin. Entouré des autres croyants.

« Là, tout de suite, vous avez mal à la tête ? »

« Oui docteur, mais c'est supportable, mon frère en Israël a perdu un enfant dans ce conflit… Pffiii », il siffle presque en évoquant la guerre.

« M. Lévy, vous devez passer une coronarographie en urgence. Si vous avez une douleur dans la poitrine, il faut vérifier que vous ne faites pas un infarctus. »

« Une crise cardiaque ? »

« En quelque sorte. Je vais vous appeler une ambulance et vous allez vous rendre à la clinique rue Blanche. Ils vont vous faire l'examen, ça ne prendra pas longtemps. »

« Docteur, c'est vendredi. Le soleil se couche à 19 h 27. Je ferai ça lundi. »

Il était 18 h et dans la tête de M. Lévy, infarctus ou pas, il faut rentrer allumer les bougies du Shabbat et se préparer pour la grande prière. L'usage de la voiture, de l'électricité, de l'argent sont proscrits.

« M. Lévy, la Thora a bien prévu des entorses à la règle en cas d'urgence ? »

« Oui, mais là, il n'y a pas d'urgence. Je ne suis pas en train de mourir. Si je me mets à mourir (il mime une crise cardiaque en s'étranglant comme dans les films) je pourrai enfreindre la règle. »

À cet instant de la conversation, la pitié me quitte. Et c'est un sentiment de haine qui réapparait. La haine pour la bêtise. La haine pour la règle comme règle et non comme aboutissement d'un raisonnement qu'on peut remonter à la manivelle et donc changer en fonction du contexte. J'ai envie de foutre ce malade dehors. Qu'il aille boire sa coupe de vin casher en agonisant si ça l'arrange.

« Où habitez-vous, M. Lévy ? »

« Rue du Général Leclerc, à Charenton. »

Il dit ça avec les lèvres fermées, en sifflant de nouveau. C'est typique ce sifflement. Quel sale antisémite je fais.

Il veut appeler sa femme pour lui raconter. Sans doute pour calmer la douleur, il frotte le haut de son nez, juste entre ses deux sourcils à l'endroit où l'on pose les trois doigts pour entamer la prière du Chema. « Écoute Israël l'Éternel est un… » Au Talmud, j'avais appris cette prière très longue, plusieurs pages avec des couplets silencieux et d'autres chantés. Je la connaissais par cœur. J'avais appris les prières que tous les juifs devaient connaître. Certaines me donnaient un frisson indescriptible. Mes poils se hérissaient et ma voix semblait si juste lorsque je les entonnais pour répéter. J'allais au Talmud tous les dimanches. Avec mon frère cadet David. Tous les deux, on travaillait notre hébreu, l'alphabet de droite à gauche, les voyelles qui disparaissent sur les rouleaux sacrés de la Thora. En deux ans, on avait appris les rites, l'histoire sainte, les significations des fêtes, les prières importantes. C'était dur de se lever le dimanche pour aller recevoir cet enseignement. Il faisait froid dans cette petite salle. La prof, Rebecca, était horrible, une vraie sorcière. Et les enfants autour de nous avaient tous du poil au menton et des rondeurs disgracieuses. On se sentait si différents. Et personne ne nous parlait vraiment. David et moi, on se tenait la main du regard.

« Ma femme est d'accord avec moi » me déclare le rabbin après avoir raccroché avec sa femme.

Sans blague.

« L'examen peut attendre la fin du Shabbat. Docteur, je veux rentrer maintenant, je peux me rhabiller ? »

« Oui, bien sûr, mais vous allez devoir signer une décharge. Pour expliquer que vous refusez de suivre mon conseil. »

Cet argument semble faire réfléchir un instant le rabbin. Le côté légal, administratif, j'aurais dû y songer plus tôt. C'est ce qui avait fait déraper toute mon éducation religieuse. Quelque mois avant de faire ma bar-mitsvah, alors que j'avais répété et répété encore chaque soir les versets d'une interminable prière aux accents compliqués, le rabbin, un rabbin d'Alfortville ou de Charenton je ne sais plus…

En pré-remplissant la décharge, je lève le nez de ma feuille pour regarder M. Lévy. Je lui demande d'ôter ses lunettes.

« Pourquoi ? » il me retourne sèchement avec cette même voix nasillarde.

Mon regard doit être si insistant qu'il s'exécute sans que j'aie à fournir d'autres arguments.

Et je comprends. Je comprends qui il est. Je reconnais ses yeux noirs enfoncés, bornés, crétins. C'est bien le même. Ce rabbin qui a tout à coup décidé que je ne pourrais pas aller plus loin dans le Talmud parce que ma mère n'était pas juive, pas d'acte de mariage écrit (Ketouba), pas de bar-mitsvah. Pas de bras, pas de chocolat. La sanction. La punition pour mon père à travers son fils. L'humiliation de la mère à travers son fils. La déception qui a explosé dans ma poitrine. La sensation de rejet. La complicité avec David dans cette douleur, dans cet isolement. La colère du métis, impossible à partager avec les juifs de la famille, les cousins purs et les non juifs de l'entourage, les goys inconscients du drame qui se jouait chez nous. L'isolement. Oui l'isolement. La honte de soi-même. Et toute cette ferveur à apprendre, prier, chanter, appartenir. Toute cette ferveur renvoyée au visage de deux ados. Le rabbin Lévy de Charenton. Mais bien sûr. Je ne l'ai croisé qu'une seule fois, le jour où mon père a tenté de se justifier, de nous imposer. Le regard de ma mère, désemparé, glissant de désolation, elle n'était pas, elle ne pourrait jamais être. La conversion lui semblait un mensonge à elle-même et donc aux autres.

« M. Lévy, vous souvenez-vous de moi ? »

« Docteur non, c'est la première fois que je viens, je ne suis jamais malade. »

« M. Lévy, signez la décharge. Je comprends votre position. »

Une fois le document remis, le rabbin sort sa carte vitale et son chéquier. Il a l'air différent sur la photo, entouré de vert. Il met de nouveau la main sur son cœur comme lorsqu'il a mimé la crise cardiaque mais je vois son visage se crisper pour de bon.

Tout s'enchaîne très vite, le médecin en moi, l'homme que je suis devenu, prend le dessus sur le petit garçon vengeur, ce n'est pas une décision, juste une évidence. Massage cardiaque, position de sécurité, le SAMU arrive pour l'emmener aux urgences. Au moment de partir, allongé sur le brancard, hors de danger, il a cet instant de lucidité, il me dit en chuchotant « et la décharge docteur ? ». Je le rassure en la déchirant sous ses yeux. Comme si un tel courrier pouvait empêcher qu'on ne poursuive les soins, pouvait empêcher qu'on le traite avec humanité.

Il prononce alors cette phrase incroyable en posant ses mains sur mes bras. « Grâce à Dieu, Docteur, je suis sauvé. »

Grâce à Dieu, nom de Dieu !

Ce soir-là, en rentrant chez moi, je décide d'allumer une bougie pour le Shabbat. Une bougie pour la médecine. Une bougie pour la science. La connaissance. La raison. Et même pour M. Lévy. Une bougie pour tout ce qui m'a guidé dans la vie jusqu'à cet ultime pardon. Mon fils me questionne alors sur ce rite qu'il ne connaît pas.

« Pourquoi tu fais ça papa ? Pourquoi tu pries ? Tu dis toujours que tu ne crois pas en Dieu… »

« C'est vrai, je n'y crois pas, j'allume la bougie au cas où. »

« Au cas où quoi papa ? »

Au cas où Dieu me regarde, je pense tout bas.

« Papa, au cas où quoi ? »

« Au cas où je me trompe mon fils, au cas où. »

Merci à,

Juliane Miot pour sa confiance ;
Patricia Hespel pour son regard expérimenté ;
Linda Vanden Bemden
pour son soutien praliné ;
Les fidèles lecteurs de mon blog ;

Sans oublier jamais,
Mon Nord et mon Sud ;
Ma peau et mes yeux ;
Mes trois sources d'eau claire ;
Et mon unique arbre.

Table

N'oublie pas 9
La photo 13
L'attente 23
La maison 35
Le créneau 53
La balle de tennis 67
Le rendez-vous 71
Le revoir 87
Ça va s'éclaircir 91
La bataille 111
Grâce à Dieu 117

Achevé d'imprimer en février 2022
par Bookpress, Olsztyn, Pologne.